U0147465

麒麟夜

叶倾城◎著

一、说什么旧恨新欢

常可道的前半生，结束于十四岁那年的夏天。父亲终于放弃了，默默，以死亡隔绝了所有人关于他绯闻的全部揣测。

那时，他正在迷《射雕英雄传》，夜夜守着电视追剧情，上教堂一般虔诚准时：他的神只在幽蓝荧幕里，快意恩仇，出生入死，阳光下白衣似雪，不染尘。

家里电视很旧了，经常一片沙沙雪花，杂乱落着。他调得一头汗，父亲忽然说："可道，你去隔壁张伯伯家看射雕吧。"

那天没有风，可道记得，空气裹满水意，浮尸般沉重缠绵，摊手摊脚缠着人。紫黑的、猪血色的盛夏夜空。天气预报说，是暴雨将临。

父亲的汗流成河。

忐忑着暑假作业里太多空白的初二男生，一惊，不敢

答腔。

隔着饭桌，父亲远远看着他，疲瘦的、白汗水流的脸迟疑着，仿佛还有很多话要说，却只温和催促："去吧去吧，要开始了。"他的声音极低极低。

那一刻，可道听见远处有雷。

而雨终不肯下。看完电视出来，夜已深，酷热却如酷刑，丝毫不肯饶过人。可道一路挥汗，奔回家去，急急拍一屋的静："爸，爸，开门呀，我要上厕所。"

一拍上去，门"嘎——"开了。是他刚刚出门时忘了锁吗？

父亲没有应声。

天墨黑，家里却未着灯，黑洞洞的像一口井，搬起石头砸自己脚一般的不合情理。一无声息，有什么恐怖的事情即将发生或者刚刚完结。可道不由自主地退了一步。

有奇异的气味，来探他的鼻，那是苹果熟透时节，渐渐发酵，将自身酿成酒的味道。

若有若无，中人欲呕。

可道一颗心，扑通扑通，在胸中乱跳。他叫："爸——爸——"往卫生间冲。鞋声"噼啪"，从四面墙上反弹回来，衬得屋里更是静。仿佛妖魔鬼怪都匿在门后、床下、角落，随时会冉冉升起。那热，炼钢炉似的。

卫生间的门虚掩着。

不明不白地，他停一下，大吸一口气，疾步跨进去，一头撞上——

也许因为气候太热，父亲的身体还是微温的。

突地一阵疾风，从他身畔带过，揩落他满身的汗。只在瞬间，蓄了一天的雨开始落，整齐地唰唰着，如花之坠地。

蓝色闪电，无声掠下。

风来了，雨来了，为什么它们都知道？

——而背景音乐，是高亢激烈的《铁血丹心》："射雕英雄，塞外奔驰……"从千家万户传出，汇成天河直冲宵汉，所有的英雄都是不死的。

可道从此不能再爱父亲，因为不原谅父亲的自私，将他孤单单扔在世界上；却也无法相恨，他与他的恨之间，隔了父亲悬在门上，微微摇晃的身体。爱与恨都太复杂，自此，关于身世或者未来，可道都不大提起。

却惯常地。

当他在一个个女人之上，抱紧那些或老或少，或欢喜或哭泣，或软香如玉或树皮般粗糙的身体时，依稀听见雨的凉，他仍是十四岁的少年，怀中是父亲，刚刚死去。而死的气息，如苹果酒新酿。

是可道把父亲解下来的。摸索着亮了灯，扶正父亲脚边那把被踢翻的椅子，爬上去。

松弛的、柔软的肌肉，却死沉，可道试探叫："爸，爸。"轻轻抚触。他指尖所及处，父亲便僵直了，口不能

开，头颈不能转动，痉挛握紧的拳再不能打开。

是否父亲的灵魂一直等到这一刻，在儿子的拥抱中，才肯悄然飞去，留下一具已隐隐开始腐败的皮肉？

雨在窗外，无声哭泣。

谁说死亡是尘归尘，土归土，玫瑰与棺木？

父亲脸色绀紫，眼下有泪，鼻中有涕，舌尖吐出，整张脸扭曲成狰狞，每一根线条都记录着一次挣扎。下半身淋漓尿屎，小腿上黯紫的淤斑此起彼落，仿佛正在承受鞭笞。

父亲颈上的绳印赤红如日蚀。

没有遗书，也许只是他没有找到。

却看见桌上搁了一碗红豆稀饭，这么快地，在难言的酷暑里发酵。胀鼓鼓，发出酸馊气味，生了霉斑，一丛丛灰绿的毛，恣意柔软地生长。

可道知道，那是父亲在死前，为他煮好的宵夜。

可道突然强烈地感到饿，一筷挑破块霉斑，像打碎一朵柔绿水莲花，那味道直冲鼻子，咽下去，便是从口腔到胃，铺了一条发馊作呕的路。

身体本身抗拒这样的食物。却不得不。

如此，便落了泪。

可道看见自己的眼泪，一滴一滴，亮晶晶，掉进红泥塘绿莲花的粥碗里。他一口一口吃着，细细嚼着那酸臭气味。

生命的甘苦滋味，可道尚没有机会领略，却先品尝了，死亡的断裂荒凉。生有何欢，死有何惧？往后这世上，没有什么是他不能够吃的了。

捧起来，将碗底都舐干净，才发现，碗下压了纸，烙着圆圆的一个水渍在上面，暗红豆色，像个大印，将上面的字迹湮得有些模糊。

慎重写着一个远方的地址，那城，离他千里之遥。在最后，微弱迟疑，注明："……妈妈"，淡得像浮在纸面上的蚁。

可道轻声问："爸，到底是为什么？"

纵有回答，亦被雨声吞没。

很多事情发生过，关于他，他名字的由来，他的、与父亲离婚多年的母亲，他父亲的死，却没有人，告诉他真相。

关于丧事，可道只记得混乱。这里那里，这样那样，他身不由己被推着各处走。还有热，雨后格外猛烈的阳光。火葬场的天上有乌鸦，忽然"嘎"一声大叫飞去。

周遭无数不相干的嘴脸，同声叹息着："老常是个好人哪，怎么一时想不开呢。"陌生人的手，尽义务般，在他肩上背上，抚一下，又抚一下。

转身的附耳私语，却像沸腾的水壶盖："老常那事是真的吗？""谁？谁看见的？""有可能啊，他老婆离婚十几年了。"……

日子太乏味，而死亡与丑闻多么刺激，是生活里的洋葱，一层层剥着，辣辣地在舌头上滚动，他们眼中跳着悦乐的、近乎是泪的光。

多么想，跳起来，"不许这样说我爸爸。"可道却只紧紧咬着唇。

这世界于他，从此全是陌生人了

而是否有一种人生，有如第一笔就起错了的画，只好一路地潦草下去？

父亲在本地无亲无眷。独居日子，可道如常衣食，晨起束好窗帘，夜来点一盘蚊香。少了父亲的叮嘱，他心里便生出另一个可道，时时唤着自己的名：可道，该吃饭了；可道，该洗澡了；可道，暑假作业作完了么？

开学后但背着书包去上学。

每夜在父亲的大床上，沉沉睡去。睡前把闹钟搁在枕边，拨好时间。

非常老，也许与父亲年纪相近的闹钟，沉重的铜质。是一只半尺高的猫头鹰，很神气，金棕羽毛，颜色微褪，博士一样目光炯炯，左边的翅膀，却温柔地抱着一个蓝茶杯。

每天七时，便大声叫起："不苦老，不苦老……"不止不休，像个严厉的舍监。

他不要起床啊。他要等父亲来拍他："小可起来了，猫头鹰在叫呢。"他迷迷糊糊："天还没亮呢。"过几分钟父亲又过来："小可，太阳晒屁股了。"他把头往被子里头藏："就叫它晒呗。"

父亲便微笑，吟道："女曰鸡鸣，士曰昧旦。"……陡然惊醒。一睁眼，可道只面对一屋的空芜。

却听见坠落声，原来是窗台上父亲种的大丽花，无人料理，便静静落了，一地碎红。

久了，自会化为尘埃。

母亲一直没有回信。

有段日子，可道以为自己会这样空坐一生，沉寂到死。只有猫头鹰陪着他，叫着"不苦老，不苦老"。唯一的、父亲一般的声音。

或许为了这个，见到母亲的时候，已经不知该说什么了。

是个深夜，"咚咚"有人敲门，可道睡眼惺忪起来，赤足踩过冷冽的水泥地。一开门，只觉得是自己，成长之后的、女性的、长发如青草般茂密柔软的自己。母亲的白裙，散发着百合花的清芬。

母亲亦"呀"的一声："你……长这么大了。你跟他……"便掩了口。

两相初见，一般震动。

妈妈？——可道嗫嚅良久，喊不出口。灯光白刺猬似

满室尖刺，扎痛了他的眼睛，可道只想落泪。

而母亲手微抬，仿佛想摸他的头，但他已跟她差不多高；又仿佛是想抱他，但抱在怀里的，将是完全陌生的少年。

尴尬如是，踯躅难定如是，到底母亲还是放下了手。

血缘深如海，时间的分分秒秒便是填海精卫；而这一瞬便像扑通一声，最后一粒石子坠落，沧海已变桑田。

他与母亲，自此荒凉无爱。

母亲原来是这样一个干练女子。第二天可道上课回来，便见门户大开，收买旧货的人搬进搬出，母亲从旁监督，一边逐件讨价还价，看到可道，她只抬一下头："你东西我收拾好了，你再看一下，晚上九点的火车。"

有人捧着大堆物品出来，随手往车上一搁，可道一眼看见他的猫头鹰，在杂物间摇摇欲坠。

是拿去卖给别人？还是熔掉？猫头鹰的大眼睛，它肚里的齿轮零件，被他抚得棕亮的羽毛，它再叫"不苦老"的时候……可道很想说："妈妈，把猫头鹰留下来好吗？"

后来一直没有机会喊她妈妈。

第一天在继父家，他叫继父："丁伯伯。"继父立即纠正他："叫我丁教授。"

又叫继父的儿子："哥哥。"儿子的反应与父亲一样迅捷："我叫丁农。"何其阴冷眼光。

在镜片后嘀溜溜，小钢珠似转着。

又生着一脸密密麻麻粉刺，像地雷阵。

可道想：是否该喊自己的母亲——"丁师母"或者"丁夫人"？

家里遂很安静，继父回到书桌前看书写字，丁农陷进沙发里，旁若无人，翻一本汽车杂志。母亲只绞着手，绞着绞着，手都搓红。

可道觉得自己太庞大，无处不在，妨碍每一个人的视线。如果他坐着，就应该站起来；如果他站着，走开会更好；闪着暗光的大理石地板上，可道跟跟跄跄，无处可去。

简单中饭后，可道起身，捧着油腻碗碟，进了厨房。摸摸弄弄，找出抹布、洗洁精，哗哗开了水龙头。

厨房窗上密密有铁栅，像囚室。

窗外，酢浆草一丘一丘浓绿着，红花开成仰面的笑，在阳光里；而阳光照不到的地方，红花闭着眼睫，有露，是花的眼泪，挂着。

秋日静好，可道只在一间昏暗厨房里。

隔一会儿母亲进来，向着空气丢一句："多冲一会儿，洗洁精对人有害的。"语法上说，这是无主句。

像爬山虎在砖缝里觅到一粒土，可道在人际的铜墙铁壁里，寻到空隙，立下脚来。

从那天起，学会沉默。

沉默是一堵墙，在墙里，他觉得安全，也自由。

可道也没想过，青春会和拖把、扫帚、污垢的洗碗水有关。恒久阴湿、潮冷、不动声色地挫磨人。

自始至终，他不曾抱怨哭泣。任命运之手推来操去，是茫茫沙海里的跋涉者，一言不发地前行。心事却如癌细胞，在体内滋生扩散，并且越来越庞大。

那沉默，是有毒的。

四年后，他考上大学，离开继父的家，走的时候，砍了丁农一刀。

人生种种，原不是他可以做得主的。

好像当年母亲的变节。

父亲只字不提，可道便全然不晓，来了之后，侦知继父生平编年，才能够推算，那是继父下放之后的事。

七零八落地知道：

大约那时继父在工厂里，烟熏火燎的炉前工，镇日里两鬓苍苍十指黑。妻子下堂求去，丢他孤零零带个孩子。运退黄金似土，然而到那田地，他周身仍释着书香子弟的矜贵，是他的光环，并且因为这份气息，吸引了母亲。

落魄之人，对感情格外着紧，为着怕受伤，他一味拒绝，然后道：除非你离婚。

一意孤行，母亲为他抛夫别子。

——那决绝，是否如母亲卖尽家中杂物？

不日，国泰民安，继父考取研究生，偕母亲远去。

当初……也算是佳话一段吧。

　　渐渐便忘了当初，无论是爱情，还是寂寞。此刻继父是社会学家——"赫赫有名"、"不世出"，继父并不收存这些称溢文字，蔑道："他们懂什么！"

　　像他时常皱着眉吼母亲："你懂什么！"

　　母亲所懂得的，无非是自己的心，如桃花，盛放于春夜黑暗中。但那已离她十分遥远，她一张惶，便老了，落尽繁花。她只是秃树，枯干的枝。

　　继父提刀自立、踌躇满志之际，有时不免错觉，是被她诓了一场。

　　现在又弄了个孩子来。

　　而可道是一生不能湮没的证据。提醒他，年少时，跟有夫之妇睡过觉的；他现在的妻，是离婚再嫁的。

　　还呼吁什么传统文化、道德重建。

　　被忘了的噩梦，现在借尸还魂，来骚扰他。

　　继父与可道不曾说过二十句以上的话。他在家里最多话时就是打电话，慷慨激昂，针砭时弊，口头禅是："给弱势群体以文化关怀。"

　　他未必是个坏人，只像他的热度，全给了全天下三分之二正在受苦受难的弱势群体，虽然他不认得他们，也不想。

　　看到可道，只像牙齿缝里一线青绿菜叶，取它不掉。不痛不痒，却十分有碍观赡，一种无可奈何的存在。

　　天气凉了，日子冷寂难捱，可道只于无声处用着暗力。

迟迟才办妥转学。新教室明窗明几，桌椅罗列，八横排，八纵排，可道的学号却是六十五。谁从音乐教室拖一把半圈椅来，窄窄桌面只放得一书一笔，书包搁地下。

扶手当腰一拦，像电椅，困了一头哑口无言的兽。

他紧紧抵在身后的黑板，一无退路。

两个星期后，期中考试分数一出，全校轰动，人人都在问那个陌生名字：常可道，是谁？怎么可能，六门课门门第一，总分高出第二名四十分。

倚天已出，谁与争锋？

而可道只静静走过校园，桂花正盛开，急雨似籁籁落他一身，弹着暗香，他偶一拂衣，香流满路。

像他身后留下的无数传奇。

其实是再自然没有的事，对他。

父亲一生，只打过他一巴掌。他还没来得及痛，父亲已惊悸缩手，眼中泪光一现。

那是小学三年级，他有生以来唯——次第二名。

打过他，又骑车带他去公园。深秋黄叶遍地，父亲在大风里努力地蹬着上坡，喘一口气，说："你要用功，你一定要考上大学。"声音被风刮得破碎，陡起陡落，然后重重摔下："最好的，最好的大学。"

他哽着咽着"嗯"一声。看着父亲的后脑，黑草丛里生了银色的芒。

再过几岁方知，那是白发。

只此一言，可道已决定终生不悔。

而父亲何以有此期许，他不能想，想多了，五内俱痛。

迎面凸跳出一双冷眼，像脏水凝成的冰，在清冷秋色里，浑浊不堪。满脸粉刺红污，是内里一腔恶火。

捉摸不定，盯他一会儿，丁农小老鼠似缩回去。

他始终是只老鼠，才会藏在房里，在暗中长久等待，从门缝里窥伺，耐心残忍，然后在可道推门而入的刹那，跳将出来。

可道痛得跪跌在地，眼冒金星。

他的另一个可道问他："要不要还手？"

他以沉默作答。

任丁农一拳一拳打着他的脸，一脚一脚踢着他的腰肋，一口一口唾沫吐在他全身。拳拳到肉，却没有电影里嘭嘭巨响，闷声隐在夜色里，像被海棉吸干。

可道不反抗，不躲闪，不叫痛，护着头，护着要害，尽力蜷成最小，默默忍耐。

暴力一定非常愉快。丁农一头大汗，"咻咻"喘气，双眼午夜人狼一般放着光，粉刺涨得通红，像熟透的烂桃。

隐有人声，丁农立刻停住，溜回床上。

很久，可道才勉强爬起来。月在窗外，一张惨白的大脸，哭过了，沾着黑的泪痕。

一跛一跛地去卫生间，洗净脸上的血，借着月光撩衣

检视：

淤血深青而紫，像陶器，青釉里泛着丝丝血红的纹。伤痕累累，他青春的身体却一径铜骨冰肌，沉美非常。

看着自己，像看另一个人，陌生而亲昵。一旦相逢，两情相悦。藉着这样疼痛的方式，可道初识了自己的肉身。

微跛着上学，微跛着放学，上下台阶时，扶着墙。在厨厕间跛行，缓缓地，不时趔趄一下，坐下时咬紧牙。

全家人都视若无睹，仿佛他是如此无色无味，甚至无光无影。母亲甚至更加姿态严厉，为细故叱责他，声音提得很高，用词也重。

像西施提着兰花指上阵，把燕啼莺啭变成河东狮吼，骂得再狠些，剖出一颗心来报效丁家，也没人当她是自己人。

而冬日苦短，刹时已是黑夜，屋里光景沉重，如一场黑白电影。可笑母亲不过是片中一个大配角，披着戏装不肯下台，但她的戏份，早完了。

母亲的日子，其实比她自己所肯承认的，差许多许多。

一夜有雨，他在厨房晕黄灯下看书。雨声零落，时断时续，像断了的旧情，偶尔记起。冷得很，他裹了毯子在膝上。

忽然背后有响动。是母亲，约略是起夜经过，在门边停了一停。母亲的脸，浮在客厅的幽暗里，荏弱美丽，是桃花逐流水，桃花自有意，流水却无情，渐渐萎去。

可道只淡漠回身，接着看书。

分明阒然无声，他却仿佛听见脚步声，一步一步，静匀而肯定，走到他身边。

像父亲一样，叫他："小可。"而他应："妈妈。"

暗里有风，灯摇曳起来，光的小小国度里他们相依相偎，温存而宁静，像一碗热热的姜汤，活血。

一定应该有过这样一个冬夜，微雨而阴湿，母与子，因冷而互暖，因孤独而互通爱意，因运命的不可选择，而拥抱。

——身边的脚步早已走远。其实从不曾发生，所谓希望，仅仅是他的幻觉。

快黎明时，下起雪，纸屑般扬了一天，冷冷，掩没这城市。

这是他生命中最冷的一个冬天。雨与雪，与冰冷疼痛，与青紫结痂的伤口。却又那么长，很久很久，没有太阳，寒气蔓延如毒藤。

习惯了，可道只抱衣瑟瑟。一双眼睛，比黑更黑、比漠然更漠然。

却一径长高，长大，时常不言不动。身体却湛湛流光，与灵魂合一，那青铜麒麟一般的美而沉静，令人惊异。

日日难过，还得日日过下去。忽然满耳蝉声响亮，湖中荷叶田田，厨房窗外的酢浆草，天真地开了一地小红花。

已经是十八岁的盛夏，这样一个光彩流离的午后。

他从学校，拿了大学录取通知书回来。

他在心里说："爸，爸，你看见了吗？"紧紧抱一下自己，模拟父亲的肩膊。在烈日下洒着金色的汗，代替他的泪，他镶金嵌银的喜悦。"我坚持下来了。我熬到头了。我要上大学了。"一举一动都在呼喊。

那时只以为是取经路上第一百零八个难关，当继父沉下脸去，质问自己的儿子："你呢？你怎么考得这么差，你还有脸来见我？"

落榜固然前途攸关，但丁某人的儿子，居然考不上大学，那可耻，是一生一世的。

怒道："你看人家！"

一场含糊暧昧的战役，与另一个人的另一个家。他一直赢，是女人，是学历，是地位，是权势，甚至——是寿命。

本已稳操胜券的人生，却陡现败象。继父几乎是气急败坏的。

第一次，把修身齐家治国平天下的大道理搬出来在家里——数说，又拉扯出玩游戏机、交女朋友、对他的客人没礼貌、懒……

总是回到："你看人家！"

一遍遍渲泄愤怒，一腔读书人的义正辞严直冲云霄。

丁农维持个旁听一般无辜的姿态，偶尔，尖锐地看一眼可道，破冰锥一样的杀伤力。

凛凛寒光。

母亲赶紧对可道：“你去买……一瓶酱油吧。”匆匆塞他一百块钱，推他出门。

还是很高兴，明晃晃太阳下，柏油路一片光，连影子也没有，如水银泻地。阳光迸裂成寸段，噼啪燃烧，可道觉得自己像要飞起来。

活着终究是好的，冬夜已尽，生命有所希望，可以看到明天。他想在仲夏夜里，睡在蔷薇花架的芳香下，做一个繁星满天的梦……

“咚”一声，身后有人炮弹一样撞过来。

他踉跄跌撞，丁农已经一把揪住他，低声：“钱拿出来。”迫得那么近，他的粉刺，流脓带血，红彤彤一大片，连脸在哪儿都看不清。

却这样恨，连粉刺上的一粒粒黑头，也是一颗颗瞪视眼睛。丁农的满口恶臭，喷在他脸上，“你凭什么拿我们家的钱，交出来。”劈手抢过，转身就走。

他大急，追上去想抢回，“你别拿这钱，他们要我买东西的。我回家给你钱……”

丁农回身，清脆直接地一耳光，可道便彻底闭了嘴。

这仍是个厉鬼横行的人间，可道跌坐在路边，阳光如斯暴烈，而他眼前一片漆黑。原来没有用，他的世界，除了漆黑，一无所有。

　　无声地，面前停下一辆车，车门打开。有裙的窸窣，向他走近，立住，灰裙洒在他足际，像淡淡的烟。

　　一只手伸过来，握了一张一百块钱。

　　可道怔了一下，不接也不说话。

　　钞票向前递进一点。

　　可道一径低头，缄默。

　　她只以为是一场孩子之间的争斗吧？一点好心，便挺身相助。

　　如果可以，他真想拒绝，陌生人的暖意，更反衬他周围的冷。他的亲人给他的冷！

　　女人只是沉定、固执、平平伸着手，整个人只剩了一个姿势一个静寂。

　　可道也不能想象空手回家，会受到怎样的宣判，因为判决不宣诸于口，更加没有辩白的机会。

　　终于还是接了过来，纸币上隐隐有汗意，也不知是她的，还是他的。那一张半新的钱。可道难堪到，几乎对女人起了恨意的程度，他的困窘，被她见证了。很勉强地抬头，看一眼她。低声道："谢谢。"只一眼。

　　"你叫什么名字？"

　　女人温和的，有眼泪味道的声音。

　　良久，可道低低答："我叫常可道。"

　　傍晚有紫蓝天色，沉闷悲伤，看着他。像有一场滂沱大雨，即将开始。

可道在火炉似的厨房里杀鱼，一身汗。

这个夜晚，不知为什么，这样熟悉。

门"砰"一声推开，是丁农，若无其事进来。可道全身都紧了。

丁农像根本没看见他，拖鞋踢踢踏踏，自去开冰箱取一瓶可乐出来，"啪"地开了，咕嘟嘟连喝好几口，一边向外走。

溜溜达达晃到门边，突然转身，一个箭步冲上来，一拳打在可道脸上。

可道猝不及防，脸朝下跌在案板上。

喜头鱼脱手飞出，已经开了肚、去了腮、刮了鳞的鱼，落在血泊里，挣扎着，扭摆着，嘴急切地一张一合，全是无声呐喊："我要活下去。"

鱼犹如此，人何以堪。

可道伸手便抓住了菜刀。

就在这一刻。有些什么，在他体内，如电光掠过，如石上迸出火来，如海啸地震，如雪山崩塌，如核电厂爆炸，有毒的辐射泄漏。就在这一刻。

他"虎"地转身，一刀砍下。

就此凝住，丁农丑陋的脸，还叼着吸管。不知是害怕还是糊涂，梦游一般大睁着眼。慢慢，慢慢，倒下。

可乐瓶铿然坠地。

血喷出来，像香槟的喷涌，恣肆喜悦，纷披了丁农一身。有些溅到可道脸上，腥而暖，血的味道。

客厅里，模糊的乐声，女子的声音万分幽怨："女儿心，英雄痴……"又是哪一部武侠电视剧呢？

这一夜，如此熟悉。是父亲四周年的忌日。

母亲说："你走吧。我不能留你了。"

诀别只如此简静苍凉。

是第三天的事，继父和丁农还在医院里。

绝口不问丁农伤势。可道当母亲面，脱下全身衣物，换上来时衣服。都太小，汗衫背后当即绽线，两片布荡着。厚厚的、套毛裤穿的大红弹力运动裤，紧绷着，露半截小腿——他芭蕾舞者般修长的腿。实在找不到鞋，便赤了脚。

看向母亲，一言不发，他的沉默便是他的恨。他要她知道——财物或者感情，他没有在继父家留下一件，也没有带走什么。

净身出户。

母亲突然捧着脸，泣不成声。没有多余的手擦拭，泪水便一路淌下去。

还可以落泪，多么好。

可道一件件，将录取通知书、户口迁移证、粮油关系——他的身份他的证据他的牵绊——验看清楚，折成小小方块，收好。

俗世何恋呢？如果可道有舍不得，该是这些吧。

拎着一点行李，掉头他去。

母亲追上来，抽噎，强往他袋里塞了一张三千块钱的存单。"拿着，交学费。我就只有，这么多钱。"写着可道名字。

可道默念：我会还。

烈日底下几不见人影，街市上一排排铁门全锁着，反射出耀眼银光。仿佛星球大战后的荒原，没有生命的存在。公共汽车轰轰开过，唯有机器怪兽在活动。

赤脚走过滚烫半融的柏油马路，像在受火刑，脚掌心沾了柏油，哓哓痛着。可道全然不觉。

他的另一个可道问他："你去哪里？"

他答："随便。"

无所谓方向，反而更不会迷路。

落日金尘里这城似醒非醒，慵懒翻身，灯和门和窗，陆续打开。他一家店一家店拍门，问：要不要人？我什么都能做。我有身份证。工资多少不要紧。可有住的地方？哦，谢谢。

就这样，去了"大卫城"娱乐城，在一条灯火焰焰的街。

"对不起，我看到你们门口贴了启事，招小工……"老板在柜台后面一张张翻发票，信口应："你哪里的呀？"漫不经心抬头，分明震住。

从他身后的明蓝大镜里，可道看到自己：尘满面，鬓如霜，破衣烂衫。身上的汗镀气味，自己都闻到。一堆活动垃圾似地，站在人家富丽大厅里，他禁不住把脚往身后藏一藏。

老板从柜台后面绕出来，走到可道面前，细细打量，眼中无限惊异，许久，他轻轻感叹："活过来的古希腊雕像也无非如此。"直接问："你会不会调酒？"

可道一怔，摇摇头。

"唱歌呢？"

可道犹疑半晌，不明情由，还是摇头。

"跟着卡拉 OK 呢？总唱得下来吧？"

可道不得不说："我没唱过卡拉 OK。"

却还是被安置到吧台。老板说："今晚能不能来上班？叫他们教你调酒。"

可道只问："有住的地方吗？"

"过几天吧。试用期七天，然后我帮你找房子。"

可道摇头："我今晚没地方住。"

老板脸一沉："那不行。一天班也没上，就先吃先住的，哪有这规矩。"

可道直视他，静道："对不起。"坚持，一种守势的攻。

不愧是江湖人士，收放自如，老板立刻放弃，满面笑："也不是不行。主要是没房间了，在楼梯后头给你搭个床，混两个晚上？"指派人："带他到后边洗一下，找一件制服。" 瞟一眼："哦，先弄一双鞋给他。"

去"大卫城"，不过是件偶然的事。可道却不知道，是否偶然里，包含了更大的定数。

向晚时节，尚无客人，他在吧台里面，学着认识酒：马爹利、干红、白兰地、伏特加、威士忌、薄荷酒、可乐娜、苏菲、武当红、俄得克……

何以解忧，唯有杜康。

靠近吧台的地方，拥拥簇簇一圈人，争着抢着在看什么，都是白衣黑背心的侍者，像一族大雁在同一片水草处停栖。

人头起落的中间，一块金表在众人手中传递，在幽暗灯下熠熠生辉，如明星有烂。

"Angel，你这个是'瓦伦铁诺'呢。"一片艳羡声音。

叫 Angel 的把腿一伸，跳上小圆桌，抱膝而坐，态度冷淡："土的很，根本不懂得行情。叫他买'破碎'又不肯，说样子不好，不吉利。我操他。买个什么'瓦伦铁诺'，早不流行了。"

略沉的，腻中带涩的声音，一串慢拍子奏出的摇滚乐。

少年一头微鬈黑发，蓬勃如梵高的《向日葵》，浓烈眉眼，看去倔强，嘴角却挂了三分似笑非笑。一身仔衣仔裤，那一腔的满不在乎，还远胜于相貌。

大家都酸溜溜笑："Angel，得了便宜你还卖乖。已经

23

很好了，别挑剔了……"

有人便有点不咸不淡，冰冷声音渗进来，像洒一滴泔水在热汤上："'瓦伦铁诺'见多了，谁知道是真的还是水货？"

Angel浓眉一扬，懒懒道："你见过八千块的'水货瓦伦铁诺'？"

"哼！"对方冷笑一声，"我连八千块钱都没看到呢，还不是一张嘴能上能下想说多少是多少。"

"有可能喔。"众人笑嘻嘻看Angel，全哄起来，"反正谁也不知道……"

Angel咚一声跳下桌来，手剑一样伸出来："把表给我。"不容置疑。空气骤然一凝。

有人开始小声解劝："算了算了……"

"给我。"Angel喝一声。

拎着表带像拎着老鼠尾巴，高高举起，Angel脸上浮起挑衅的笑："人家送的，真假我也不知道，反正'瓦伦铁诺'，防震防水防摔是一定的，试一下不就知道了。"

訇然一声，重重摔下。

惊呼里，只听见不大的一声"啪哒"。

表覆趴在地上，无声无息。Angel脚尖一挑，让它翻个身。

表壳上一道颤巍巍的裂纹，可是还在走，嘀嗒嘀嗒，稳定，冷静。"是真的了吧？"Angel冷冷道，环顾左右，无人答腔，他啪一脚将表踢飞。

越过吧台，正落在可道脚边。

众人正无趣，如梦方醒的尴尬，老板恰好走过来："好了要做生意了，别玩了。"

就此一哄而散。

有客陆续进来。

Angel 亦不他顾，重重坐上吧台，乒乒乓乓，自己招呼自己，探身取杯，倒一大杯啤酒，何其嚣张。

可道俯身拾起表，递过去："你的表。"

Angel 头也不抬："不要了。"浓发微掀，如此一掷千金。咕嘟嘟一口饮尽杯中酒，顺路看一眼可道："新来的？什么名字？"

"我叫常可道。"

Angel 嗤一声笑出来："谁问你姓什么叫什么？"可道一时糊涂了，不是他亲口问的？

教训他："他们叫我 Angel，难道我姓安叫狗？谁还拿真名真姓在这种地方？"笑着骂一句："笨死了。一边去。"跳下吧凳便走。

可道宁肯自己更笨一点，浑浑噩噩，一觉醒来，原来地球彗星相撞，银河系已然毁灭，满天火焰如雨，从此不觉得痛。

只不作声，退到吧台一角去。

"哎，"Angel 转身喊他，"笨人，我叫秦炽天。告诉你

吧，跟你扯平。"粗重大眼，笑起来，像鞋油名字一样地黑又亮。

陷入了怎样一个魑魅世界。

入夜之后，可道便知道。

人来人往，看去都是体面人，西装革履，"大卫城"却充斥着一种腥烈贪婪的动物骚气，像极了南美的热带丛林，植物疯狂成长，动物自由追逐。

遥遥看见，红男绿女，耳鬓厮磨着，亲吻与抚摸，像纠缠啃噬，对方的皮肉。

原来炽天是歌手，在流光里登场。不知几时换了装，金红上衣，黑皮裤，黑皮靴，腰间一条银链。一身重金属装束，声嘶力竭："你对我说，爱不爱我？"

下面便一片雷鸣："爱。"

夜愈深，人声音乐成比例地扩大，嘈嘈杂杂。空调大开，冷气流动，出风口吊着的红绸蝴蝶一样飞扬盈香。却人人全身燥热，嘴唇爆裂。不断地叫酒，以之解渴解忧。

吧台忙得不行。酒保一边与人聊天，手下不停，姿态随意，节奏却精确如舞，每一个动作，都藏了音乐。可道连下手都帮不上。

渐渐酒入酣境，酒客们摘领带剥外套脱衬衫解钮扣，男人女人，一点点露着颈项、手臂、胸口，楚楚衣冠里肉的身体。

仿佛听人说过：人只是无毛的两足兽。

有绿发女子歪歪倒倒坐上吧凳，七分酒意吧，连胸都血色绯绯，见到可道，便咭咭咭，笑得十分夸张。

"好漂亮的小帅哥啊，怎么以前没见过你呢？小帅哥，帮我调一杯玛丽皇后好不好？"

可道有些不知所措，几乎不敢看她。

"他今天才来的，还不会调呢，Sherley，我帮你调好不好？"是炽天靠在吧台边。

他的上衣竟是镂空的，隐露肌肤，如万蝶穿花，滴滴坠汗。

绿发女子便"喔哟"一声："不嘛，我要小帅哥帮我调嘛，小帅哥，"娇滴滴叫着，"你叫什么名字啊？"

她大可道，只怕还不止五岁十岁。

可道左右一顾，杯上纸巾都印着"大卫城"，低声道："我叫大卫。我不会调酒。"

"我教你呀，"绿发青森森，大嘴巴擦得殷红滴血，"好不好？"女子挂满琳琅首饰的手轻轻按在可道手背上，仿佛要手把手教他。

一只红嘴绿鹦哥，搔首弄姿。

酒保只懒懒看他们。

可道触电一样缩手。

炽天推开吧台门进来，踢他一脚："大卫，你就学着帮Sherley调一杯吧，Sherley是熟人了，调得好不好，她都不会见怪的。"是在笑，眉梢眼底却有话要说。

　　依着酒保指教，可道小心翼翼：俄得克酒，番茄汁两份，柠檬汁，辣酱油、精盐、胡椒粉各少许——可道忽见炽天丢他一个眼色，手顺势连抖几下。

　　绿发女子甫喝一口，当下"噗"喷了一地，失声："怎么这么辣？"连咳。

　　抬头看见可道，无辜而又自认有错的样子，哑口无言。

　　美，是一桩不容自弃的事，可道从这些眼光里读懂。

　　炽天紧捏可道的手，怕他穿帮，自己却忍笑忍得迸出泪。

　　凌晨二点，营业结束。拆过小费，可道便住到炽天的出租房里去。

　　穿了炽天的 T 恤当睡衣，还是还给他那块"瓦伦铁诺"，炽天负气："摔烂了，我不要。"

　　可道轻声："是八千块钱。"

　　纸币明明硬、脏、冷冷，带着人世的腥气，几千人的指纹。可是本地人形容有钱：荷包暖和。钱在发热；北方人形容乱花钱：烧包。钱在燃烧。

　　可道从来不认得上帝的脸，而钱是唯一的神，度一切苦厄，真实无虚。

　　炽天懂了，年轻眼睛暗一暗，像起了雾，忧愁灰色。他默默接过"瓦伦铁诺"。

　　便在一递一接之间，可道炽天，竟成莫逆。

　　自此如兄如弟。

临睡前，他问炽天："这街，叫什么名字？"

炽天似睡非睡："饮马长街。"

日子只在一条叫做饮马长街的街，傍晚时分，霓虹一朵朵燃起，是地狱花开在黑暗深渊里，光之外只黑不见底。

人的脸，因而变成七彩，血红，惨绿，艳紫，辣黄，在烟气人气弥漫的店里，像《水浒传》里洪太尉误开石碣，一声响亮，走出来的妖魔。

他的另一个可道说："你还不是妖魔，甚至无名无姓，是'大卫城'里的大卫王。"

他沉默良久："我不是。"

仅仅是生命的片段，寄居之地。如父亲寄居于火葬场的骨灰室里，终将入土为安。而他将离开，进入大学的象牙塔，生活稳定正常，鹏程万里。

"大卫城"是驿站，不是他的宿命。

可道只调酒，从不知道周围发生些什么。

清者自清，浊者自浊。人的来来去去，与他无关。

高凳上坐满三教九流，扰攘，调侃，玩笑话渐形而下。谁不想讨个顺嘴便宜。炽天偶尔帮他解个围，大多时候，可道只低头不语，光影停在他睫毛上，死去蝴蝶一般。

他的静，发自深心。

光，音乐，话语，以及人的欲望，汇成澎湃大海，他任海潮撞击，是海面上孤立的灯塔船，摇摇荡荡，却是唯

一不变的方位。

炽天有时会哂笑:"你以为你行?"

独自地,在红尘里呼吸新鲜空气?

炽天一仰头,灌掉半瓶啤酒。

有时可道会说:"回去喝啦。"这里的酒是外边十几倍价钱,员工价也不过打个九折。

炽天蓬蓬鬈发一甩:"没事,我有钱。"上台去也。

旁边人就嚷:"大卫你还怕 Angel 没钱……"一传十,十传百,星星点点的笑,迅速燎原。

那里头的暧昧,可道确信自己不懂。

一曲终了,有人捧了花篮上台,与炽天附耳低语。自灯火流影的舞台上,炽天看向黑暗角落里某一张脸孔。

一扬发,扬出一身挑逗意味。

提起话筒:"下面,我将为王小姐清唱一曲,《月亮代表我的心》。"

"你问我爱你有多深,我爱你有几分,你去问一问,你去想一想……"男人的哀怨,分外楚楚,烈酒一般直激人心。

炽天的眼光不离不弃那角落。

空中漫了千丝万缕,便是两个人,远远地,隔着千山万水,兀自眉来眼去。黑白眼光,交织成绳,拴住两端的人。

光极朦胧,酒吧里人头攒动,只听得嘈嘈切切,大珠小珠，都是语笑人声。可道根本看不出哪一位是王小姐。

三首歌唱罢，炽天便不知所踪。

快打烊时，又出现，隔吧台把钥匙丢给可道："我晚一点回去。不用等我。"

他与她，相偕而去。

是夜极热，醒的时候，可道周身流汗酥软，某一处却无比刚硬。以为是听到什么："炽天，是你吗？"

寂静的重量，压下来。

黑暗中，徒劳地睁大眼睛，可道再也不能入睡。

炽天天亮之后方回，砰砰敲门，大叫："开门哪。"兴高采烈，扬一扬手里的饭盒，"我买了早点，糯米鸡、欢喜砣和牛肉面，等我洗完澡，我们一起吃。"一步踏进卫生间。

头发湿漉漉地贴在额上，与眉打成一片，异常茂密，炽天便有种初生婴儿般的憨态。

可道有点失神，只是站着。

卫生间的门开着，可道看见炽天从袋中掏出一叠汗湿的纸，随手一丢，跌了一地暗蓝钞票，也看不出是多少。哗一下扭开水龙头，冷水急冲而下。

炽天背对他，站在水流里面，慢慢脱衣，肩背一点一点呈出来，朝气强健，小白杨似的腰身，散发着清新气息。水顺着他的身体流下来。

"可道，"他没回头，哑了声音，"我其实，出来也才

三个月。"口气平常，"开始就是，我中专毕业，找不到工作，我又喜欢唱歌。后来……"

少年与妖魅，不过三个月之隔。

在这繁华炼狱里，成长坠落，学尽人生的本领。

转头，炽天仰起他依然极其年轻的额极其年轻的颊，"而且，我以后，"咬咬唇才说出来，"想做歌星。可我又没钱又不认得人……"

垂了头，湿湿黑发覆着像一朵做错事的黑菊花，炽天低低唱："也许我不同，也许我要的比别人多。"

可道缄口不言。

忽然明了，何以他与炽天，都从不曾问过对方身世来历。

人的不幸与梦想，在这个光怪陆离的大城里，太过乏味雷同至不堪提起。见多了，心自然就硬，泪水不过像，泼一盆水在大太阳底下，片刻蒸干，痕迹不留。

可道只去清桌子，准备碗筷，与炽天对面坐下，吃。

吃的快乐，大于一切。

人人一样，人人要的都不比别人少。

所遭遇的，也泰半相似。

有一个男人，似乎是喜欢上可道了。

他姓甄。像这里绝大多数人，没有名字，只有身份，他是甄老板。一个领舞男孩的"干爹"。

甄老板并没生得一副老板相，他中年，微秃，挺胸叠肚都在分寸之内。常穿一件灰格衬衫，棉质长裤，黑布鞋；总是独来独往，不喜前呼后拥；不用手机或者商务通。

有人问起时，他笑说："我不是天塌下来时，必须第一个被找到的人。"

——天塌下来之前，他已飞到火星，继续经营甄氏企业。

他自己开车，一辆"雷克萨斯"。

却确凿无疑是个大富人，因为没有哪个小生意人敢于低调到这种程度。

故而每次来"大卫城"，人人争先，个个上前，斟茶倒酒，前呼后拥。

领舞男孩更是寸步不离，丝一般软滑柔顺地，缠着他，在他怀里挨挨蹭蹭，作势听他的心跳，身姿黏腻而狭邪。口口声声，干爹长干爹短。

背后有人低声刻薄："干什么干，都干到床上去了。"

本能地，可道回避异类的人，异类的感情。

甄老板却在吧凳上坐下，叫两份加冰威士忌。眼光毫不收敛，咄咄逼人直扑可道，良久也不收回。

他的想要几乎可以嗅出来。

突然说："你的唇形真好看，像薄荷花。"

他的另一个可道想破口大骂。

但可道不敢言，亦不敢怒。

甄老板也不多话，走开。打烊之后，请所有人同去吃宵夜。

可道只低头："我累了。"一味躲。

众人七嘴八舌："大卫，别扫兴。""就是，甄老板难得请一次客。"话带双关地，"别冷了甄老板的心。"

彼此会心一笑，相互传递，相互印证。

炽天也说："去吧。"

甄老板只遥遥站着，游刃有余。

可道明白，这终究是个钱的天下，今日不去，恐怕此后"大卫城"立足不得。想一想，再捱七八天，就好去学校报到了。

热热闹闹一大桌子人，多么千奇百怪的食物都有人叫，一盘菜上来，圆桌转过一圈，就空了。甄老板吃吃停停，忽而掷筷感叹："真是年轻啊，这么好的胃口。"

马上就有人反驳："甄老板，您左边一个，右边一个，才是好胃口呢。"

顿时哄堂大笑。

左边坐了领舞男孩，右边是可道，甄老板微微一笑，不答腔，却有点左牵黄、右擎苍的志得意满。

也不知可道听见没有，只据案大嚼，不说任何，啤酒杯挡了他的脸。

川菜馆子，空气都是麻辣的，穿透可道的胃与皮肤，不由分说，占据所有感官，血管都辣得痛起来。

辣椒是多么横戾的事物，主宰所有菜肴，其余一切滋味都只能在它手下偷生。

像甄老板。

更叫可道嫌恶的是，甄老板分明不是同性恋者，他看女人的眼光与常人无异。

不过最正常的男人类型。有钱就变坏，征服世界之后征服女人，征服女人之后便征服男人。金钱权力使他散铜臭，如豆腐的本来滋味，被麻辣侵占。

此刻领舞男孩突然站起，歪歪斜斜走到可道身边，已经喝得眼睛都红。

"咚"，玻璃杯搿在桌上，大半杯无色透明白酒。"大卫，你厉害，我敬你……一杯，一口干。"他捧了另一杯，有点口齿不清，冷笑却是清楚的。

五十多度白酒，可道岂敢接招："谢谢，我不会喝酒。"

他劈手抓住可道领子："不给……面子？是不是？看不起人……是不是？"醉得脸都歪了。

他的样子，让可道想起继父的儿子。不到一个月，他已从可道生活里抹去，只留一点暗红污迹，可道甚至不大记得他的名字。

甄老板叱他："你醉了，回去坐好。"

可道方道："对不……"

眼前一花，早被泼了一脸酒。

整个人轰天黑地被撺到地板上，铺天盖地压下来的，

全是那男孩的嫉恨眼光。

尖叫、椅声、脚步声哄然一团，人的窜动。炽天扑过来："你没事吧？要不要紧？"几个人七手八脚，拉他起来。

可道能有什么事，脸上有点磕痛罢了。

甄老板却说："我送你上医院检查一下吧，看有没有内伤。"

突然就安静，所有人一哄而散。炽天溜的时候，还比个 V 字与他。

车门一关，车厢里便是一个小小世界，世内桃源，与车外众生无涉。可道在前座上正襟危坐，甄老板只全神开车，然而……他的热。

车行如箭，空气比路途更穿梭不休，车窗外，一天星光待谢。甄老板突然伸手，环住了可道的腰。仅止那么，轻轻地一环，隐隐约约。可道没有挣开，可是也没有反应。

车无声停住。

甄老板的手一路向下，在他臀上大腿间来回摩挲，缓缓地，猫也似爬搔。可道一动不动，好像没有知觉，连每一寸肌肉都是沉静的，钢板一般冰冷无情，坚不可摧。

过了一会儿，甄老板自己收回了手。

可道静静说："甄老板，我觉得不用去医院也行。"

第二天老板传见他的时候，可道已经知道是什么事。

果然。

递过一个瘦长织锦盒。

可道半晌不肯打开。老板便催他："看一看哪。"

何需看得，可道想起炽天的"瓦伦铁诺"，还有其他。

还是打开盒子。

从来没见过这样的手表：不规则的四边形，左宽右窄，四角左右支绌，有点"玲珑四犯"的味道。表背是一带圆弧，配合人手腕的曲度，想来戴在手腕上会无限熨贴。清净钢色，朴素无华。

老板说："这款表，叫'一九七二'。甄老板说，见你没有手表，不大方便。"

钢白的表，闪着微光，它的不规整，多弧多边多角，正像人生。他的。

这样明码标价，只差没立字据：《回鹘文女子买卖文书》。

老板吩咐："戴一下试试？"

像孙悟空的紧箍咒，一戴上就生入肉里去，越束越紧，自此终身受缚，卖掉自由。

可道把盒盖复原，推回："对不起。"

老板三分意外："你不要？回去翻几本时尚刊物，这表多贵你知不知道？"

嘘一口气，有点怅怅："价格倒是另一回事，不是每个人都能戴的。甄老板，倒也不是个俗人。"

——知子之来之，杂佩以赠之。

可道半日不做声。

老板倒直截了当："甄老板黑白两道，又是个爽快人，他肯照顾你，穿金戴银香车宝马，一点问题都没有。无非他是男人，你也是男人，又怎么样？又不叫你跟他一辈子。"

可道觉得脏，不是沉沦欲火，而是赤裸裸的买卖。怪不得爱滋病萌生流行，真有所谓天谴一说。

他站起身："没事我先出去了。"

炽天怂恿他："咦，我还没见过这种表呢，收下来收下来。怕什么，榨干了他，毛也没让他碰到一根，才算本事呢。"

也可能是他，被人家榨干，钱也没摸到一毛呢。可道自认没这本事，也不想有。

原来老板不过是经理，大老板是另一个人，召见可道："那你要怎么样呢？"

斯文男人，神色温和。

"这世界到底是男人的，可是要论青春职业，男人的机会绝对比女人少。要赚钱，就别顾那么多，何况，男人是没有贞操可言的。"

大老板修长的手在他肩上轻轻拍几下，意味深长。无名指上一只钢戒指，可道知道，那是加拿大工学院的毕业戒指。

可道仍然："对不起。"

表在他们之间，像楚河汉界。一线之隔，救赎或者堕落。

大老板把表丢过来："留着玩吧。甄老板说，叫你想想，他反正也不急。"

他自然不急。

人为刀俎，可道只为鱼肉，世界是沸腾的鼎，以明蓝文火缓缓烧灼。当可道被欲望、诱惑、人生的艰难不得已炖得烂熟，滋味可口，甄老板才会一筷攫起，吞入肚里。

这年头，还有什么逼良为娼，都是自卖自身。

到月底，可道领完工资就走了。

渐行渐远，回头，饮马长街的路牌，在城市之灰里已经看不见了。

握紧通知书，可道想，他的美丽新世界即将开始。

却没想过，美丽新世界的入场券是这样昂贵。

学校在山间，鸟鸣啁啾，各部门分得很开，可道觉得自己是漫山遍野到处送钱上门。

学费三千六，学生公寓一年一千二，另外，学生证工本费五十元、借书证押金二百元、体检费一百五十元，保险费二百元……

像一杯被吸吮着的可乐，积蓄迅速耗尽，他的口袋瘪下来。

还是掏出母亲的存单。

多么奇怪，也许是贴身搁着的原因，已经沾了一丝

暖意。

最后只剩得两百来块钱。

他对他的另一个可道说："不，我不觉得。求助固然羞耻，贫穷却是所有羞耻的起点。我哪里是个君子，凭什么食不得嗟来之食。"

填完特困生补助表，才被告知这是给灾区学生的。

又去申请学生贷款，看完章程便不言不语：若有物可抵押，他何不直接卖房卖地；若有人肯担保，他直接借钱不就得了。

布告栏上贴了招聘广告，挤了一教室的人，原来是推销餐巾纸，先交五百块钱押金。

好容易找到一个清扫楼道的工作。一天扫两次，两天拖一次，九十元钱。才干到第三天，一个黑瘦乡下女生找到他，"我，我，我……"了半天，就坐在台阶上大哭。"你是城里的，你又是男生……

他让了她。

炽天来找他玩的时候，吓了一跳。把身上所有钱都摸出来给他。

他明说是借，只取五百块，炽天没提还，眼睛看着他的眼睛："你哪里够？"硬塞给他。

他又塞回去："我省一省。"

已经省得不能再省。

天天吃食堂的水煮萝卜，脸便像萝卜，惨白消瘦。午夜醒来，觉得一团饿在体内燃烧。

他挨过打，可是没挨过饿，因而更加难捱，饿的火球迅捷扩散，烧到四肢百骸去。

只觉万念俱灰，身体成烬，

转脸只见窗外，一天好星好月，玉兰花楚楚放香，有虫声欢快叫着。

如此美丽新世界，他竟然无福消受。

饮马长街是异色之地，却可以选择，走或者不走，旁门左道；大学里只有一条康庄大道，反而有理无钱莫进来。

傍晚时分，从食堂打水回来，影影绰绰觉得有个老人不远不近跟着。他站住，那人便向前，自我介绍，他是美术系的教授。

惊叹时有孩子的幼稚语调："真美啊，请停留一下。"

——人体写作是美术系的必修课；身体是美好的；为艺术献身是神圣的；大学生应该带头冲破封建思想……

暮色如对街紫藤，模糊粉紫，他问："多少钱？"

一小时十五元至三十五元不等，老教授为他争取到四十。

在屏风后延捱许久，终于出去。

开始只觉得凉，空气模糊安静，飕飕有风，掠痛他赤裸的身体。

他们着他，侧身相对，跪坐于地，双手合抱在胸前，头沉沉垂着，如睡去，只以姿态传递哀伤的信息。

肉光澄澄，顾自流盼。他低头，看见自己的身体。

周围都是眼睛，白石子黑石子，漾在清明空气里，剔透而沉重。此刻吸血蝙蝠一般扑上来，栖在他身体的各个部位，獠牙穿透他的皮肤、直入血管。

眼睛，四合八方，上穷碧落下黄泉，都是眼睛。

他不安地动一下，老师立刻阻止："这位同学，请你不要动。"

他的形骸任人阅读品评，却无从抵挡。

有挪椅子的声音，吱吱地擦过地面，像冰山浮出水面，一个女生正把画架和椅子向前拖。

眼神须臾不离可道左右。

方坐定，没两分钟，女生又起身，不辞劳苦地往前移。

窃窃笑声，浮起。

她一直拖到教室的最前方，与可道只三尺之隔。可道的一切都在她眼中摊开来。

四目相对。笑声更烈，有人掩口胡卢。

可道面红耳赤。

女生眼睛圆溜溜，一刻不停地盯着他，像虎莲花盛开，欲攫欲扑。

良久，嘴角忽然浮起一个微笑。

可道只觉浑身热辣辣，不能自控。身体上的某一处，是二月二，龙抬头。

他的另一个可道：霍然跳起。着衣。走。

问他："你走不走？"

他只向老师道一声："对不起。"穿起内裤。

阖上眼睛，忍耐完六节课。

何谓艺术呢？如果人体写生真的只是训练，他们干嘛不去找捡破烂的老头？

都无非出卖色相。

回宿舍时只觉很疲惫，冷似地裹紧衣服。桌前有学生科留的字条，说：帮他找到一份清扫厕所的工作，一个月一百五十元，叫他吃完饭就去行政科领工具。

食堂里的电视，正在放社会新闻。

前段日子，一个农民、包工头、初中毕业、坐过牢、离过两次婚、生了三个孩子、四十六岁的——千万富翁，斥巨资电视征婚，今日隆重揭晓，雀屏中选的，是本校大二女生，十九岁半。

她在电视上笑靥如花："因为爱他。"

当即全食堂大哗，一片拍碗打盆声。

可道想：原来世事都如此。人与人之间，尽是购买及贩卖。

如果大学是象牙塔，他不过是在象牙塔里扫厕所；纵使饮马长街是地狱，他却是那里的星。

无家可归，他只像一条流浪狗，在迷宫似的街道里打转，这里嗅嗅那里闻闻，捡到块骨头就赶快吃下。

重回饮马长街，可道也便放得开些。

随即是各种名称暧昧、灯火迷离之所。饮马长街上，霓虹如流，"红唇"、"翠袖"、"银狐"、"蓝天使"……，叫茶坊、咖啡馆、酒吧，夜总会，都一样，无非笙歌处处，爱欲纠缠的盘丝洞。

世上方七日，洞中已千年。

可道只恒常低头，抬头间，眼中有黑色的水仙花。

他的美，无论放在哪里，都仿佛在向四周放射，又反弹回来，围绕着他。红尘三千，都名春色，统统恼人眠不得。他是诱惑，也是受诱者。

然而可道向来如此，沉默静寂，对于命运，渐渐习惯于无穷的逆来顺受。不管是礼物还是厄运，背后的，他从不去推测。

偶尔也遇到一些略微真心的人，而常常地，拒绝或者把持，都没有什么真正的区别。人生种种，不过一碗待煮黄粱。

在每一处，他换个名字。在"水晶日志"，叫"crystal"；在"中国龙"，变作"dragon"；去了"雕刻时光"，他索性叫自己"time"。

随手拈来。所有名字，都与他无关。

世界如此繁华而拥挤啊！

有人躲在厕间吸毒。沉红有毒的血与白色粉末在针管里进进出出，最后低微的"啊"一声，说不出是狂喜的呻吟还是脱力的绝望。

有人醉醺醺去了，许愿："再不来了，这是什么地方。"下一个夜里又依然摇摇晃晃来，将自己泡在人声与败坏里，像一场不能摆脱的梦魇。

有人在墙角边以赤裸的肉身相暖，迫切地吸吮着对方的体液，仿佛在汲取生命的甘泉。

醉生梦死是一桩多少好的事，梦里任平生。可道却是如此清醒明白，一路陷落，出污泥而不染是可能的，入污泥呢？

因而遇到孙潜洲时，可道以为是转机，是上帝拉他一把。

那时他已去了麒麟店。酒吧，全男班服务。是被挖去的，店主林大哥给他三倍工资，见他警觉，便笑，说得明白："调酒，招呼客人。再没第三件事了。"

又挖了炽天来麒麟店唱歌。

偶尔店中有人闹事，便派人叫可道，道："你过去媚他们一下。"若无其事，在玩单人纸牌戏，调一张牌过来，想一想，又放回去。

可道僵到实在敷衍不过去，才道："我还要调酒。"

林大哥大笑："不是你调的酒，还惹不出来呢。客人说你调的血腥玛丽是醋，不肯付账。"

可道半晌又道:"我不会媚人。"

林大哥又笑,眼睛眯了,上上下下打量他:"你? 你不必会。"

更大的羞耻,可道听出来了。因他的原始本钱,与生俱来。

正吵得不亦乐乎,店长赔笑解释道歉,有几个人指手划脚几乎戳到他脸上去。

可道只默默,侧身而立,低了头,白衣白裤隐在阴影里,盐柱一般沉白笔直。等气氛渐缓解,他才终于转过身,向前一步。——无意中,他运了戏子出场的姿势。

忽然所有人都忘了为什么吵架。

低声:"对不起,我才学会调酒,调得不大好,请原谅。"深深地,日本式鞠躬。

忽有人一震,失声:"你是竟陵人吗?"

熟稔的口音,激起家乡小城的亲切气息。

可道抬头:"您也是竟陵人吗?"

那中年人惊喜地叫起来:"哎呀,老乡见老乡,两眼泪汪汪,过来过来,坐一下。"

递名片于他:孙潜洲,九洲贸易公司总裁。"你叫什么名字啊?"

可道答:"我叫麒麟,Kylin。"

史前的独角动物,惯常在夜深的原始森林里自由游走,以爪与牙妄生惑死,所求的,不过是最微末的生。

添酒回灯重开宴。

酒过三巡，孙潜洲才痛惜地说："麒麟，不是我说你，你怎么在干这个呢？怎么不读书呢？"忠厚的、父亲一般的脸。他穿了一双老黑布鞋。

不过是一点人与人之间的寻常关切，可道却心中一酸："我是在读书。"

半生的事禁不住吐露而出。

长久，席间寂然。

孙潜洲重重拍一下他的肩，摇头叹息："唉，我女儿只比你小几岁。"略略思索，"要不然，你愿不愿意到我公司来兼职呢？你不是学国际贸易的吗？英语怎么样？"

仿佛万千盏灯火全亮，在这一瞬。

冬天的阳光铺满旧街，黄澄澄一地金叶。九洲在背街小楼的二楼，两间房，几桌几椅、电脑、饮水机，到处散着文件。

孙潜洲轻描淡写："做生意要靠实力，我最见不得那些没做什么生意，先把个办公室装得金碧辉煌的人了。"给他倒一杯水。

都说妥了。每周六、周日两天，起草往来信件，打字复印，如果平时有事，也随传随到。孙潜洲道："给你配个手机吧。"便拿了他的身份证，和他一起去电信局。

关于报酬，孙潜洲沉吟："给你五百吧。"大力拍他的

肩，"谁叫我们是老乡呢，哈哈，说不定你小时候我还抱过你，你还叫过我叔叔呢。"

出了九洲，可道慢慢走在小街上。心里有一段音乐，重重复复，在回荡，眼前光光亮亮，全是阳光，和熙地包着他，像一个怀抱。

不知不觉看见路边旧货店的橱窗，可道竟有着了一鞭的惊跳。

橱窗里有一只猫头鹰闹钟，非常眼熟，像他有过的那一只。但已颜色半剥，露出铜锈斑斓；翅膀还脉脉拥着，却失落了蓝茶杯。

猫头鹰炯炯的大眼睛，在积满尘垢的玻璃之后。指针静定，像它的生命，在多年前那一刻就已停止。

可道不自觉，蹲下来。

冬日里，暮色灰灰地游走，是时间的尘，可道与自己的童年相遇。

猫头鹰标价八百元。

翌日再去，已不见了猫头鹰，也不见了九洲公司。

一把锁。

可道又敲又拍，伏窗看了半天，一时心急，"啃"，推破半扇玻璃。

屋里是空的。没有桌椅，没有电脑，没有饮水机。没有人。仿佛月光下的墓园，鬼魂出没之地。

昨天的一切，不过是大白天见了鬼。

忽然觉得痛，原来是手掌在玻璃上划破，流了一行红葡萄似的血。可道低头吮一吮伤口，顿时满口腥涩。

炽天一听，就审起来："常可道，你被骗了。"

"不会吧，"可道还心存侥幸，"也许是突然搬了家，来不及通知我。"强调，"我们是老乡啊。"

炽天跺脚："就是老乡才骗老乡，其他的人他哪里骗得着?"冷笑，"还孙潜洲，根本就是赵钱孙倒过来嘛。"

可道还嘴硬："我有什么可骗的?"

以后时日，不过是等，等着看：他究竟有什么可骗的。

到月底，电信局的信寄到学校：一共十部手机，皆在他名下，欠费约十万元。

可道的第一个念头竟是：那孙潜洲，怎么会有那么多话要说呢?

脸上突然浮现父亲最后的时分，唤着他，叫他去看电视的样子，与孙潜洲，敦厚近乎于傻的脸，互相叠没。

那晚停了电。整个城市都累了。麒麟店里秉了烛，烛焰跳动，人影来去，轻轻的语声和木吉他的乐音，婚礼一样好悦安静。

可道与炽天对坐，在昏黄烛光里。

可道声音平常："炽天，这是个什么世界，非把人逼到绝路上去。"

日子这般难堪，放弃的念头，诱惑他。

炽天就慌了："可道，你别乱想，总会好的，总要活下去。我们去报案吧？"

可道不敢想象报案的情景："我被一个骗子骗了。我是在一家叫麒麟店的酒吧遇到他的。我是学生，晚上在那儿兼职侍酒。不，我卖笑不卖身。"

他遂低了头，不应。

隔很久，炽天低声道："要不然……"

麒麟生于乱世，亦不过在泥浆里摸爬滚打，要想生而有尊严，是不可得的。

他不下地狱，谁下地狱？

果真如他们所说，甄老板是个爽快人。声色不动，开出支票来，递给可道。

只淡淡问："快考试了吧？"

他，居然什么都知道。

事情接踵发生。无从思索，可道也无法确知，究竟什么是因，什么才是果。

"春节的时候，我想出去走走，你想不想陪我一起去？"

可道说："好。"在这凄寒的十二月，他满身都是汗。

"到时候我叫人通知你。"甄老板说。一摸口袋，"差点忘了。"

一九七二年是个什么年份呢？

或者是个老人，在老去的摇椅上，想起某一个年轻九月的清晨。草是绿的，稻谷是金色的，风帆在微风里轻驶，而我正年轻，你在微笑，我们正在相爱。

于是记住了：一九七二。

戴在腕上，用袖管遮住，无人知晓。只有可道自己听得：滴滴嗒嗒，催命鬼的脚步。

倒也无怕无惧，在暴风雨前的平静里。因为怕惧也无用。照常听课、做作业、在麒麟店上班、跟炽天出去看电影。

分分秒秒里，他无非一具行走的尸体。

放假那天，便收到了电话。

坐着一辆专线车去甄老板的公司，晃晃悠悠着，在下午的浅黄阳光里，慢吞吞穿越这座城。

要盹着了的速度。

忽然发威地一声大吼，专线车拖着它的庞大身体，火箭头似地冲出去。

乘客一片倒翻尖叫声，大骂："师傅，你有毛病了？"

轰轰隆隆向前开，可道纹丝不动。就此从高架桥上坠下去好了，死亡如此温柔守候在窗外。

"嘎"地一个急刹，车厢内又一片人仰马翻，司机缓下来，对并排另一辆专线车的女司机大叫："小姐，你哪个场的？怎么没见过你呀？"

女司机回眸一笑，扬声："我三场的，今天我替小王顶班。"

"下班以后找你玩好不好呢?"

女司机很大方:"来呀,都是同事嘛。"

他与她相遇,惊鸿一瞥,追与被追,并且互约今夜,在这样一个都市的烟尘下午里。

也许就这般互约今生。

可道几乎想走过去,质问:"为什么,你们可以这样无忧无虑?为什么我不可以?到底出了什么错?我的命运被谁弄脏弄坏,又在上面踩了一脚?是谁?"

只字不问甄老板的行程,可道只跟着他,沉默地,一路行来。

南京、上海、镇江、无锡、杭州……处处皆有水,一寸寸流动,一寸寸都是活的。

冬日的江南,干净而冷,像一尊青花瓷器,只蓝白二色,分外澄滑剔透。

甄老板一身沉黑深灰,冷到极点,越发凸显他的深沉不可测。

可道穿甄老板帮他买的,红黑方格鄂尔多斯羊绒衫,李维丝牛仔裤,咖啡色毛料大衣,同色同款手套,黑漆皮长靴,走起路来铿然有声。——都是他一夜卖笑钱的一部分。

一望而知的热烈青春与不群。

一冷一热的两个人,在寒风里,一前一后走着,却很少说话。甄老板想来是什么都知道，可道是什么都不想知道。

任由甄老板全权做主，点菜、结账、买纪念品、决定日程、订票……可道便是全盘接受，以顺从诉说他的反抗。

入夜，分睡两间房。可道如临大敌，将门锁死，又将沙发抵上。然后全副武装地睡床上，只脱了鞋袜。

却在恍惚里一遍遍重复：甄老板来敲门，他起来，穿上鞋，移开沙发，为他开门……

惊醒，房里并没有人。

暖气太热，他脚心滚烫，像踏了两只风火轮在飞奔。有些事，正以他所不能了解的速度突飞猛进。

其实一直，甄老板连手都没碰过他。

相反十分照顾，如牧师呵护教民，时时微笑着，眼光中更有"反正不急"的志在必得。

因为无从捉摸他的想法，可道更加恐惧，像被关在巴士底监狱，四面皆黑，俱是安静。不知是晨是暮，不知死亡几时来临。难道他们忘了他，要关他一辈子？

他到底要怎么样他？

后来可道想通了，甄老板是在拿性、他的等待、他对性的想象在羞辱折磨他，并且成功了。

大年三十那天，他们在苏州。

大运河的水泥浆般浑黄，缓缓流动，散着鱼虾腥气。两岸人家，结彩贴联，大红灯笼，是一个喜气洋洋的年。

有人在河里涮马桶，有人在洗红袄子，彼此相安无事。

下着微雨，丝线似纤长的雨丝落在河里，无声无息，只漾起千万个细小的圆，交错编织。像绣花女子，手势的一起一落。

可道觉得自己便像大运河，如此污浊，历尽沧桑却依然美丽，强悍地：我要活下去。无论发生过什么，无论是隋还是唐。

雨中的园林，几无人声，唯有他们并肩，走在花砖的小径上。

这样静，连甄老板的呼吸都听得十分清楚，像钱塘八月大潮，怒涛卷霜雪。

可道暗中知道：要发生了，有些事。他的大衣吸了雨水，格外沉重。

他的另一个可道在问：逃走，还是留下？

留下。就将陷入肉欲的深渊，承接人的恶，人的荒谬残忍。

逃走。何处可去？天下之大，哪里有属于他的原乡？

他问另一个可道：你可有第三种办法？

那个可道低头，黯然，便决定了他的后半生。

只是无端紧张，延延挨挨道："我想上厕所。"

从厕所出来便迷了路。每一段小径都曲折相似，隐在花篱翠竹间，往不同的方向出发。他兜兜转转，不知身在何处，不期然推开门，走进去一个园中园。

满院绿树，长草遍地。

忽然一阵风过，雨线斜斜扬起，树移影动，朱门"咿哑"一声轻轻合上。他的背上已悄没声地按上一双手。一用力。

他脱口叫出，"有人……"一只手掩了他的口，另一只手，利落地解开他的皮带，褪下他的牛仔裤，像手术台上切开皮肤般精确，手势毫不热烈，只充满狎玩意味。

伏着，伏在硬冷的太湖石上，他感觉到身下石头的脉络起伏。两个人的呼吸在空中交缠，充满狐的腥臊。他像被嵌进石头里，一尾砧上的鱼，被一锤一锤击着，片鳞不留。

疼啊。

烛泪流干，烛芯还在呼痛的那一种痛。

他整个人灰飞烟灭，碎成一天一地的陨石阵，没有感觉，也不再有生命。这一刻，却看见不远处，远水脉脉，有小船，小得像个浴盆，却也有桨有楫，飘荡在水面上。

它是否会划向大运河，大运河有没有与大海连通，它又能不能够，终生都在海面上漂流，永不回来？那条小得不能再小的船。

很疼，很疼，很疼，很疼。

结束了许久，他还伏着，像谁一手捻死只蚂蚁，轻飘飘地贴在石面上。雨丝一点点飘下来，无声无息，打在他的裸身上，冰凉冰凉，仿佛世界末日。雨越来越大，他通

身湿透。

甄老板喊他："你怎么了？"

他的身体被霸占了，他是一头蛇肚子里的象，正一点点被腐蚀，烂掉。

千百条雨丝狂乱地落着。

他说："那船。"

二、凭谁问真心假爱

早已不记得泪水的滋味，可道只流汗，急速灼热地滑过裸背，滴了一地的星雨。微咸。

多半是酒店的高层，谁呼啦一声曳上窗帘，隔月色在外头，而屋中夜正浓，是乌贼喷出的墨水海，微微摇晃着，床。

黑暗里溢满女子的呻吟、喘息、喃喃，可道只沉默地欢爱，肉身温暖而冷酷，动作却比杀戮更加暴烈。他是魔。她也是。两只寂寞的魔，撕打、拥吻、咬噬，进入与包容，身体狂热地纠缠，而灵魂，各自走远。

不知何时，渐渐停止。

总在午夜之前，可道离开。

推窗是澄蓝夜，扬手可摘星辰。隐隐传上来，是脚下高速公路的尘起尘落，车如水，马如龙，宝毂雕轮路相逢。

沿途流光，直到天边。

便立在窗前，寂静地，面对着这不眠的城，这苍凉的华丽，可道一件件，穿起衣服，如茧一缕缕吐着丝，缠绕着自己。

有时，身后的女人会迷惘地小声问："你叫什么名字？我下次去，怎么找你？"

"嚓"提起裤链，是抽紧最后一段丝，封锁了整个茧。

"叫我麒麟，或者Kylin。"轻轻推门而去。廊上的灯亮了，又熄。

裸身与否，他都是异兽，孤零地在爱欲里游走，无需姓氏，也不必记认。

他几乎从来不回学校宿舍。也算有了个家，是深巷中与炽天合租的小屋，两床一几、电视而已，一个可以洗澡的地方。

可道常常觉得自己的身体，像经冬的霉干菜，被榨尽了汁液。静夜里，将热水龙头拧到最大，急湍水流如瀑布，滚烫地打在他的皮肤上，是他生命中的一场大雨，无止境地下着。

忽然一阵喧哗，是炽天带人回来，砰砰拍卫生间的门："可道，出去玩。"一片人声叫着他："麒麟，走啊，去喝酒。"

他们去喝酒，他们去唱歌，他们去吃烧烤，他们啸聚成群，他们在凌晨三点的都市踉跄，他们从一个打烊的店

到另一个。

然后。

众人一拥而上，拦开两个对扑的人，彼此破口大骂，什么底牌都揪出来；谁伏在桌上呜呜哭了起来，向空有一搭没一搭地倾诉；又有谁与谁，耳鬓厮磨，大庭广众之下不避嫌地；炽天忽然跳上桌去，唱起自己的歌。

可道只静静，喝一点酒。

他喜欢一种叫"绿魔"的调合酒，是伏特加与薄荷酒的融合，晶莹墨绿，冷而烈，喝下去，通体透明，血管里突突跳着，绿色的、粘稠的血。

血不是红的，日子不再有其他的可能。

失手，掉落手中杯子，仿佛他的青春自此破裂，碎片纷纷逃逸而去。

天明时分，才各自散去。

而可道在阶梯教室的最后一排，昏昏欲睡，阳光涌上来，这样亮，可道几乎要落泪。处处烁着光点，黑板白茫茫一片，强自定睛，原来是密密麻麻，群聚如蚊的粉笔字。

新学期开始了三个月，他分不清任何一个教授的脸。

后来也就罢了。

整个白天，与炽天一起，呼呼大睡，醒的刹那，可道闻到袜臭，以及花朵濒死时分，微微靡烂的芳香——有时是炽天，有时是他，带回来的，顺手搁在墙边，懒得浇水，花儿们便很快地干渴而死。

屋内光影舞动，皆是暗调子，是黄昏了。而他的每一天，从傍晚六点开始。

时时在灯火最盛时分，黑衣静默；或者幽暗走道上，着一身革命党人的中山装，孤绝地走过；孤岛似包厢里，柔光细细洒了一地，可道的白衬衫也带一抹老红，领口略松，像一段凄丽传奇，发生在大唐盛世，名曰"绛雪"。

偶尔也有地库装，旧而薄的红T恤，拖沓的长袖，头发挑染成金色，项间有银链，而耳际有环。顾自而去，忽然站住，半转身，挑战而颓废地望着。

望出去，一片荒茫。

所有衣服都媚眼儿乱抛，衣下的少年，容颜如此，英俊肃杀，却只默然伫立，像冬日的沙漠与海，一般地漠然广袤。

他们说他：酷毙了。

唯因酷烈无情，更加颠倒众生。

雄兔为他脚扑朔，雌兔为他眼迷离。

林大哥说："做这一行，眼到，手到，嘴到，脑到，身体到——心就不必到了。"

而可道从容地，在各色人等间周旋。

往往不过是给那女人斟一杯酡红的桑子酒，然后落座，抬头刹那，却常令女人突然哽咽，最淡的酒也醇烈如斯。

情与鸡尾酒都是同样地令人不能醉，又不肯不醉，每一夜，相同的剧情，不同的女主角，可道看过太多寂寞的

人世。而他是贩卖风月的男人，他的爱，如一支香奈儿的口红，即使热吻也不会留痕。

又每每在女人半醉时分，用手盖住酒杯，很温和很温和地说："小姐，不要再喝了。我请你喝咖啡。曼特宁好吗？曼特宁，最适合伤心的人。"

随后种种，无非是水到渠成。

他陪女人们逛街，打网球，听她们喋喋不休，控诉丈夫儿子的种种劣迹，哭出鼻涕眼泪，便借出手帕来。

不见得都有性。性有时是开始，有时便是结束了。

而欢爱总是带给他死亡的回忆。微光中的胴体蒙一层暗灰，让他想起父亲青莲色的脸。他向来绝口不提，只用力抱紧眼前人。

有女人会喘息着扑向他的怀："麒麟，只要你对我好，你要什么都行。"

爱不是不能购买，但不可以用人间的货币。

然而她们不懂得。

他只很随和地，枕前发尽千般愿：要休且待青山烂，水面上秤锤浮，直待黄河彻底枯。白日参辰现，北斗回南面，休即未能休，且待三更见日头……

等等等等。

下一次见面，他已不认得她，只懒懒道："噢，是吗？你为什么要相信一个男人床上的诺言？"

怎么可能，记住她们的脸？

都一般地，过分盛妆，华服名车；也一般地，含怨凝恨，时时有泪滴下来；更加一般地，身后有一个碎她们心、然而终生付账的男人。

太阳底下，永无新事。

包括可道的翻脸无情，也有例可循——俗谓婊子无情，戏子无义。

有时也有特别服务，林大哥不会找他。可道在吧台里，有一句没一句听见他与某人的喁喁私语，最后一句，林大哥总是淡淡的："你自己想想吧。"

不消多少时日，那想的人或许便是他。

亦有女子，苍白着脸，单净素长的眼眸，如柳叶。不知如何得悉，又怎样摸索而来，及腰的、女中学生的直直黑发，对林大哥径直道："我要麒麟。"

略过一切铺垫。

女子眉目如山水，无波无尘，清冷有光。看着她，如看一棵菩提树，让他心中安静。本能，变得十分冒渎。

见他迟迟不动，女子便自己一件件开始脱衣，深白棉布衬衫，黑棉布裙，素到极点，烈士殉国一般。再脱了朱红胸围——那红，像新娘——便住了手。

他帮她，缓缓除下她新娘红的内裤，像一面红旗，在他手下降旗。极轻极轻，剥开伤口般怕触痛她。

女子搂住他，在他身下，轻微起伏，扑簌簌落着新娘红的泪，"你可是我的蝴蝶？你可是渡我的佛？"

他声音温柔慈悲："是，我是，我什么都是。"

她要什么，他便心甘情愿地给；她希望他是什么人，他便当然地是。

结束后，可道半跪起身，才看见，竟然——有血，沾染得到处都是，扭曲地半干。

半晌，他手足无措，只跪着，像个莽撞的、做错事的男朋友。良久，方道："对不起。"亦不多言。

仿佛在为她生命中的所有坎坷道歉。

隔房有麻将声清脆如雨，突地歇了，谁高叫，"门前清。"床单上的血，别样红，是红莲满池。而女子忽然掉开脸去，静静地说："明天我结婚。"

待可道洗完澡出来，屋里是空的，钱在床上，盖没那一小滩血。

从此没有见过她，却一生记得她的疼痛与血。永远不会知道，她的眼泪为谁而流。她的身体却极其凄凉萧瑟地，占据了可道的记忆。

这样的日子，其实也没什么不好，他衣食无忧。对人对己全无亏负，过去不必提起，未来——真有未来这回事吗？也许明年地球已经毁灭。

可以确定的唯有，这一刻，舞台圆光的中央，他是众人爱恋的少年。

很久很久，没有听见他的另一个可道的声音，他的守护天使，已然离弃了他。

偶尔没事干，回学校听两节课。一次听到哲学教授在讲《道德经》，不禁吃了一惊。

"甘其食，美其服，安其居，乐其俗。"这不就是他现在的生活吗？原来他已经活在理想国里，不需有他念。

放任的日子，过得特别快。离堕落到谷底，还需要多少时日？

他便如此认得苏铁。

两相初遇，她如常人惊动，却频频回首，眼光里多一份悲悯。那目光，他竟觉得扛不起。

她是和几个朋友一起来的。一桌女人，皆是熟客，锦衣如瀑，美玉如星。酒意一二分时，眉目如风花，对可道谦和有礼；三四分，便开成一树树野外红桃，处处春色，言谈越来越放恣；渐渐五六分醉意，钗横鬓斜，又恃了身份年纪，一径拉着可道要喝交杯酒。

可道只捏一杯红酒，不语，以静制动，以无言应对万语千言。女人们多少有些焦躁，话里话外些许愠意，倒逼起可道的牛脾气，眼看僵住。角落里谁轻轻说："算了，都是出来玩，何必生气。"

可道抬头，迷离灯影里遇上一双深邃眼睛。

这一刹那，他们彼此看到，在时间与空间交织的一点。

心底砰然一响，如弦断帛裂。

——在哪里，见过你？你的笑容这样熟悉，我一时想

不起。

再一定睛，原来弄错了，眼前的女人分明从未谋面。

四周酒意纵横，空气亦醉，那双眼睛却是醒到十分，定定看她。听见手中轻微的"波波"两声，是可道不留意捏碎了郁金香酒杯，流了一手殷红的酒，如圣血。

一片惊呼，那女人却只倾身过来，抽一张餐巾纸，给他。

她们也收敛三分，讪讪笑着："苏小姐，怎么，对麒麟有意思？"打趣。

她只低声道："既见麒麟，云胡不喜。"

名片上写着：苏铁。

走的时候，苏铁厚赠他小费，手势犹豫踟蹰，仿佛有话要说，又不知从何说起。周围她们都看出，笑着起哄，可道以职业耐心，沉静等待，她却匆匆而去——可道追上去，把她遗在桌上的手机递还，一直追到门外的台阶上。

接过手机，道了谢，苏铁却没有离开之意，可道遂也陪着她，站一会儿。

五月的深夜，清凉花香，意态迷人，月光明明地洒下来。苏铁靠在门口的石狮子身上，点一枝烟。

音乐悠悠传来，两人之间都是沉默，苏铁按打火机的声音便格外响亮，一声一声，茫茫地"咔咔"着，却打不出火。

可道抽出自己的打火机。

苏铁凑近他，俯身取火。两人隔得极近，跳动火焰照亮他们的脸。听见远处，苏铁的朋友在不耐地按喇叭叫她。

苏铁吸了一口，抬起脸来。"可道，你为什么在做这个？"小小的，惘然的声音。

可道失声："你叫我什么？"

退后一步，打火机"啪"地熄了。

心思急转，无数念头风起云涌，他的名字，怎么会从陌生人嘴里喊出来？

而可道最后一次听见自己的乳名，是在火葬场上，按钮按下，蓬起一朵朵烈焰，围绕着父亲的身体，如火莲上静卧着睡佛。

炉门"哐当"撞上时，便听见了："小可，让他们别烧爸爸，爸爸疼。小可，小可……"细语咽咽，与灰尘一同颤栗纷飞，是黑灰烬里逃出的蝶。

冥世的悲泣，敌不过人间的喧嚣。

"小可，小可……"此刻又听见了，哀苦的声音，唤了又唤，是雨，淋淋漓漓，下在五月蔷薇夜色里。

但分明有月，照在苏铁脸上。可道知道，那是幻觉。

苏铁倒也乖觉："咦，你不是叫麒麟吗？我的普通话不标准？"

两人相视良久。月色如水，一切虚浮无定，唯有她说过的每一个字，重若泰山。不，他没有听错。苏铁也知道他的知道。

　　远处喇叭越发频频，可道说："苏小姐，我送你到停车场吧？"

　　苏铁摇头："谢谢，不必了。"转身走开，长裙猎猎扬起。

　　渐渐来得常了。

　　苏铁三十几岁吧，短发，素颜，长衣长裙短靴，深灰与黑，职业女子的低调约制，却常披着一件猩红大披肩。在宴饮喧哗间突然沉默，半晌，探一枝烟出来。

　　缓缓喷着烟，遮没她的脸。

　　隔了整间酒吧的人群，遥遥背对，可道却觉得她的眼睛，蝴蝶一般追过来，翅子墨黑，无声地栖在他肩上背上，随处可落。

　　炽天总是窜来窜去的，此刻经过，捣他一下，低语："哎，看你一个晚上了。"

　　可道如何不觉。却只隐隐觉得危险，不敢靠近。却也说不出是为什么。

　　很偶然地，才会过去陪她坐坐，可道向来不大说话。

　　苏铁亦十分沉得住气，只微微笑。

　　情势人人皆知。

　　一场针锋相对的好戏，已然拉幕，只看谁笑到最后。

　　后来可道才晓得，原来苏铁滴酒不沾，只贪婪地，吞噬一样，抽着大量的烟。

　　炽天唱完三首歌，过来同他们招呼，笑嘻嘻："苏小姐，最近常来啊。"有点贼眉鼠眼地，对可道做怪相。

苏铁只作不见，叫一杯酒给他："Angel，帮我多唱一首歌好吧？"

"什么歌呢？我去拿歌单。"

"不用了，"苏铁止住他，"随便吧。"

炽天想一想，"那么，唱一首我自己的歌吧。没有乐队，我用吉它配，好不好？"

忽然有刹那安静，当炽天的歌声扬起，小精灵似的，银翅扇动。

如果一个字/只是一个字/那么我有没有/对你说过我爱你/又有什么分别呀？

吉它铮铮，单纯的音乐，简单的节奏，更反衬出炽天声音的特质，像水晶碗里的水晶匙，澄亮无垢。

如果一段情/只是一段情/那么我有没有/真的真的爱过你/又有什么关系呀？

梦一般的歌声，像莲湖上的雾，芳香而不可接近。只一下一下撞着人的心。

从来，他唱着人家的歌，模仿着所有的成名歌手，从声音到服装到作派，几可乱真。

这是第一次，可道如此静穆地，听到炽天，听到炽天自己。

可是这一刻呀/夜已深，月已落/是什么使我哭/是什么使我不能睡/当火车呼啸而过/当世界无比吵闹/啊我爱的你呀/到底有没有听见/我对你说出的/说出的/那一句那一句话。

乐声渐弱，像袅袅的一阵轻烟，消失在山的那一边。炽天起身鞠躬。

一时，竟有一种，眼耳鼻舌身意，都觉得的怅然若失。

苏铁"哎唷"一声，是烟忘了捻熄，烫了嘴。

有一个男人站起身，大力鼓掌。

随即掌声雷动。

周遭皆是"Angel，你今天唱得真好""Angel，帅呆了"的热情声音，炽天便像走在一条洒金碎玉、遍地珠绮的路。

"炽天，你是天生的。"可道动容地说。

炽天也很兴奋："可道，谢谢你。"捶他两下。

这时，刚才那个男人大步流星走过来，伸出手："对不起，打扰一下。我听了你的歌，觉得非常好。我叫李加。"

苏铁可道都全无反应，炽天却跳起来，有点口吃："李加？你是那个写《舞者》、《琥珀心》的李加？魅力少年组就是你包装起来的?"

李加笑:"都是过去的事。"手还伸着。五官清秀,略长而洁净的发,黑西装整齐贴身,有阴美气质。

可道立即知道他是什么人。

炽天手忙脚乱地跟他握手,"我们,到旁边……"

这时,李加的手机响了。"喂喂"几声,"知道了,马上来。"他对炽天:"对不起,我先走一步。"留张名片给他,"跟我联系吧。我住在清江饭店。"匆匆去了。

炽天满面细汗,眸子熠熠:"可道,我到清江去等他。"整个人放出光来。

可道用眼睛问炽天:你知道他是什么人吗?

炽天亦用眼睛回答:我知道,但我顾不得了。

转身的刹那,便像夸父追日,绝然而然的皈依,永不回头。

而坎坷在前,他是否有此神力,令云垂,令海立,令天地分出一条坦荡大道?

苏铁一直微笑旁观,此刻道:"你跟 Angel 是好朋友吧?"

"是。"

"他们也这么说。"苏铁不意间说漏嘴。

流言起落,是他独有的香氛,令人沉醉,不需他本人在场就替他霸着地盘。只是他从来闻不到。

"啊不，"苏铁忙道，"怎么可能，他们说你，是饮马长街第一股神。"

可道心想：并没有炒股啊。转念再想，恍然大悟，饶是行走江湖，也不自觉有三分赧然。他曾以为早就无所谓，原来不行，他还爱着自己。

可道淡淡，"是吗？既如此，怎么没人喜欢我呢。"有调情意味。

苏铁迟迟疑疑，"还有，他们说，你的初夜，夜渡资二十万。并且只此一次，以后面都不见他？"

可道完全僵住。

刹那间，所有黑暗记忆都回来。在欲望的祭礼台上，他曾是一只被缚的羔羊，任人开膛破肚，以他的肉身祭祀。

而这一刻，他又一次被抛在荒郊野外，有火燎过，有刀砍过，有滚水当头泼下。

苏铁自知失言，变色站起，道："对不起，是我说错了。我不是这个意思。"

可道置若罔闻，站起就走。

苏铁追着他："麒麟，麒麟，真的对不起，我真的不是这个意思。"

两个人在桌椅之间疾走，像穿越生命的荆棘丛，披披挂挂，都划破一身血迹。

到底可道还是甩脱了她。

是夜炽天未归。

子时可道拉开窗帘，天上一轮将满圆月，丰腴女子略
害相思，清减个三斤四斤的那种身姿。远处夜色里想有栀
子花，香得动声动色。

　　不免有炽天已经花好月圆之感。

　　再一思量，又不见得，李加昨天走的时候未必有太多
眷恋。

　　在玻璃门外便看见炽天的黑发，更是蓬得不可收拾，
一点一点地在打瞌睡。清江饭店的大堂富丽辉煌，炽天却
怒发灰衣如苍耳。

　　被可道推醒时，炽天第一句话是："我嘴里有没有味
道？我早上没刷牙。"起码吃了一盒口香糖，满口薄荷气
息，淡蓝忧郁的凉。

　　"在沙发上睡了一夜？"

　　炽天便苦笑："哪有那么好。晚上十一点就给他们赶出
去，连台阶都不许我呆，在马路边上坐了一夜。"

　　"炽天，何必至此？"可道不甚忍心，"你以前还不是
认识有音乐人，又怎么样？"

　　"他们是铅笔，李加是钻石。都是碳，天差地别完全不
一样。"炽天一夜未睡的眼，炯炯如豹。他理直气壮地说：
"可道，我已经二十岁，我老了。我要抓住这个机会。"

　　当其余的男孩子们还在玩球、溜冰、怯怯地与女孩子
第一次牵手的年纪，他们已经心如磐石，冷静地确定未来

的方向。

傍晚起了风，扬着珠灰的轻尘，李加才回来，不知在哪里鬼混了一天一夜，一身烟气人味，眼神含饱酒意，荡着漾着。前呼后拥地，身边带了四五个男孩子。

炽天迎上去时，李加明显顿一下，才笑起来："你是昨晚上……"

"我叫秦炽天，Angel，他是麒麟。"

"等很久了吧？不好意思。"李加态度敷衍，"我现在没时间，我们要去逛街……"

炽天已经敏捷接应："正好我们也要去，一起？"

聒聒噪噪，那几个小妖精，葵花似紧密围了李加一圈，像若干年前宣传画上，红卫兵簇拥在毛主席身边，根本针插不入，水泼不进。他们睬也不睬炽天。

李加亦只不过淡淡。

炽天紧拽着可道，低声下气跟着到处走。仿佛是被人下了生死符，正苦苦哀求解药。

他的笑，无人正视，如七彩肥皂泡般一个个，寂寞地破。

而炽天本是个骄狂的人，他的任性妄为，他在舞台上喊"爱不爱我"……人在自己真正在乎的事面前，从来只有谦卑忍耐。

如信徒面对他的圣神。

商业大楼一层层逛下来，李加忽然停在一个塑胶女模特儿面前，捻一捻她粉紫的衬衫，有点讶异："这么窄的腰身啊，"绕到背后去看看，并没有夹子，"这谁穿得进去?"他随口道。

"我穿得进。"

是炽天，向前迈了一步，一扬手。

等了多久，才等到这一个挺身而出的机会?

"你?"李加上下打量他。

炽天今天穿了一件夹克衫，宽松样式，又是口袋又是链，重门叠户地十分复杂，看去臃肿不堪。

李加摇头，干脆地说："不可能。"

炽天笑嘻嘻："那我要穿得进去呢?"眼底生出光来。

李加戏谑："你穿得进去我买下来送给你，连西装外套和长裤，一整套。"

小妖精们就起哄："把衣服撑破了，要赔的呀，赔也要赔一整套。"

"好。"炽天喝一声，对服务小姐，"把那一件衣服拿下来我试试。"气定神闲，胜券在握。

小姐提醒他："这是女式的。"

"不要紧。"深深看一眼李加，"我就要女式的。"年轻光彩的脸，如燃烧。

丢掉夹克的一刹便是脱颖而出，炽天的黑衬衫像一朵半开的黑郁金香，他在黑衣上直接套上这一件。

仿佛度身订造。

他宽窄适度的肩，美丽浑圆的胸，纤细如杨的腰，一一呈现。

已有人驻足旁观，此刻眼珠都快瞪出来，不置信地问："你是不是一动都不能动？"

炽天扭摆几下，手臂抬抬放放，如对镜自舞，随意得紧。越发艳光四射，顾盼生姿。

李加禁不住近前，伸出手去，又迟疑停住，与他隔了半尺远，却仿佛仍然，穿透空气，穿透双层衣料，在恣意抚触。

可道明白，炽天赢了。却是这般地，委屈承欢。如一场盛宴，他干杯，对方只是随意。

又一次，明白了生的艰难与无可奈何。

再见苏铁，可道遂也不再呕气。

春日将尽时，连着几天，豪雨下得十分痛快。这一日，待到黄昏，雨势更劲，饮马长街地势本来就低，街道上早积了尺许深的水。车行其间，纷纷翻波逐浪。

麒麟店里客人寥寥，李加倒来了，在一角与炽天他们打牌。兴致勃勃，技术却烂得很。更兼那几个人眉目传奸，手底脚底花样百出，李加便只剩了输的份儿。

他牌品倒好，"呵呵"笑着掏钱，自称是："嗜赌如命，逢赌必输，输人不输阵。"炽天领了头，叫他"李大输"。他便大声应："哎。"

轰地一片笑。

可道只点了吧台上一盏圆灯，斜靠着翻本旧书。不知是谁丢下来的，居然是南怀瑾。大约是《花丛读禅》："色空无异，空色无异，色即是空，空即是色"，更容易灵犀一点通吧。

可道一页页翻着书，人如风后入江云，情似雨余黏地絮。雨中黄昏竟有泥土的甘甜气息，仿佛是农业社会，时日从容，一年只一种一收，孩子慢慢长大，地老天荒是一桩可以期待的事。

那边厢，战火正酣。炽天刚赢了几盘，气焰嚣张，满口嚷热。信手甩脱衬衫——李加当真送了他，粉紫是这般妍媚颜色——贴身只着了一件小背心。素白，无领无袖，肩头的肉结实得令人禁不住想捏一把。

意犹未尽，又把下摆卷到腋下，露出紧实小腹，坐下去，腰曲成弧形，一触即发。

李加丢张牌出来，笑喝一声："Angel，你是卖肉还是拍写真集？"

炽天一抬头，一挺身，一扭腰，一扬他的浓烈鬈发，骄傲挑逗却又懒洋洋："怕什么，一点都没露。"

——指的，是"三点"中的任一点。

先一愣，然后一屋的人笑得连滚带爬。李加笑得，一手指着他，说不出话来。

连可道都忍不住，嘴角一弯。

忽地门一响，灌进一天雨意。绕过屏风进来的，是苏铁。

外头风大雨大，擎了伞也没用，苏铁早浑身湿个精透，长裙裹着腿，像条湿淋淋鱼尾。短发贴在脸边，她便突然间小了许多，发更黑，脸更素。雨水沿着裙摆滴下来，她脚边积了一滩水，像个依附的影子。

她只踌躇站在门边，好像一时间乱了方向，不知要去哪里。

可道不自觉起身，迎上去，仿佛是要接过她一身的雨。

走近只见一地虹霓，原是苏铁进门刹那，伞一收，扬起一天雨珠，滴溜溜滚了一地，管自映着灯火。轻轻踏上去，也就破了。

苏铁不说话，可道自然更不会开口。心平气和，两人对坐良久。四处都是水的气息，温存包容，微热，沾着人的垢意。

在这样一个大雨的将暮时分，他与苏铁，竟仿佛是旧爱重逢，不思量，自难忘，蓦然面对，却说不出一句话。仿佛所有前情，都已在前生尽诉。

忽地爆出一片人声，炽天的作弊终于给逮到，他跳起来双手直摇："你们陷害我。"李加不依不饶，吵道："罚酒。"立刻有人取了一瓶四玫瑰威士忌过来。

炽天抱了瓶，忽然向可道："麒麟，我记得你上次还欠我一杯酒，这次还了吧?"又不知打得什么鬼主意。

可道扬声道："关我什么事？"

炽天央他："朋友一场嘛，帮帮忙。"

可道不明其意，仍道："你自做自承当，不要拉到我。"

炽天笑吟吟，对苏铁道："麒麟不喝，苏小姐帮他喝好不好？"

——他是在帮他报上次的一句之仇。

可道欲拦，又怕伤了炽天的好意。

苏铁立时推托："我不会喝酒。"

炽天便腻缠："就一点点，不要紧的……苏小姐，不看僧面，还看麒麟面子唷。"眼色一个接一个向可道抛过来。

情势如此，可道也只好对苏铁道："就喝一口好不好，算帮我忙。"

苏铁为难许久，勉强应道："这个，威士忌是烈酒吧？"

炽天敏捷应声："那么喝草莓酒吧？等于是果汁。"奔去找人调酒。

可道一望即知是草莓玛格丽特，鲜红欲滴。是草莓浆、龙舌兰酒与糖，调和而成，入口醇甜，满是草莓的清美滋味。却烈如火。

苏铁面有难色，捧了那一杯血也似的红酒，看看可道，又看看酒。小心翼翼啜一口——它的甜，其实只是骗局，像生命中无数个骗局一样——觉得无碍，就饮尽了。

突然双手蒙了嘴，向卫生间冲。

听她在里面吐得呕心沥血一般，可道又不便进去，在

门外问："你还好吗？要不要紧？"后悔不迭。

隔很久，苏铁才脚步虚弱地出来，浮上一个惨淡的笑，像早晨淡白的剪纸月亮："我没事。"沿门框滑坐于地，苏铁仰头靠墙，气如游丝："我不行了。"

林大哥不过笑骂一句："两个闯祸坯。"便叫可道送她回家。

雨倒住了，繁星满天，照得一地银亮。可道扶着苏铁，深一脚浅一脚踩着满地方砖。才知道醉的人，是真的重，连喘息都像遇溺吸氧般大口大口。一步踏错，便溅自己和苏铁一身水。

两个湿透的身体，紧紧相靠，热量与水一径对流，衣服仿佛已不存在。

苏铁还可以挣扎着，对的士司机报出门牌号码，在楼下遥望她住的单元，一片黑。幸亏有电梯，咬牙撑上五楼，一进门，苏铁扑倒在床上，几乎像被人打晕一般，立刻睡着。可道也软瘫在门边喘气。

气喘匀后，可道却无论如何都不能从外面把门锁好，折腾半响，怎么推苏铁她也不醒。自然可以信手一带，扬长而去，但单身女人，一扇虚掩的门……

可道还是住了脚。

坐在厚暖的地毯上，可道觉得累了。周围是苏铁匀静的呼吸，像有一个梦，在画那浅浅的轮廓线。无端地，可道心生亲近，仿佛是个家，而夜色温柔。朦胧间，可道快

78

睡着了。

突然有响动，是苏铁恍惚坐起，可道趋前，叫她："苏小姐。"她迷迷糊糊睁开眼睛，大惊："你怎么在这里？"

"我送你回来的。"解释缘由后，可道嘱她自己锁门，起身欲走。苏铁轻轻唤住他："麒麟。"

"你去洗个澡，睡一下再走吧，我有客房的。现在已经很晚了。"

很久没睡过那么舒服的床，可道只觉困得睁不开眼，还听见苏铁在浴室放水的声音，人已如失足堕落，飞快入梦。最后一个醒的碎片是：是否这就是死亡？原来像一场酣睡。

可以死在一张床上，是多么愉快的事。

醒的时候，只看见暗里有闪动的小火点，空气中漫满辛辣苦涩的烟，仿佛不知何时，不知何地，着了火。

人的心魔，是藏在心里的火焰山。

可是人们顾自唱歌跳舞，甘心在喜乐中死去，谁也不准备逃生。

可道唤："苏小姐？"

外套长裤倒脱了，身上胡乱搭了毛巾被，也不知是不是自己脱的。

"醒了？"苏铁过来，捻亮一盏小灯。桃红光晕里，她穿了一件松身的黑色棉布睡裙，长长地覆在脚面上，走动间，裙角摆拂，她裙下的白足时时一窥。

"几点了？我要走了。"可道支起身来。

苏铁应一声，出去一会儿，回来端了一个小锅，"吃点东西再走。"

可道以为，不过是牛奶馒头之类。一掀开锅盖，白气袅袅，满室氤氲，可道马上觉得肚子咕咕叫，竟是乌鸡汤。

可道呆了一会儿，搁下碗，没有喝。

轻轻地，苏铁在他身边放下一叠钱，口气很抱歉："现钱，我身上就只有这么些。或者，你再等一下，银行九点开门。"厚厚一叠，却又零零碎碎，各种票面，新旧都有。

可道不免记起前仇，冷冷道："再多，也多不过二十万，何必拿出来。"

苏铁几乎口齿不清："我不是，我不是这么意思，我不是要侮辱你，我不是要伤害你。我不是……我，"拙于解释，"他们说的，我听了，心很疼。我是想，你用这个钱，可以做点什么，不用在麒麟店里做……"

是长久的一段沉默，她的声音无助，"这个，这个真的不是好人家的孩子做的。"突然掩面，泪无端而落，如珍珠碎于地。

可道默默伸手，捉住她的小腿。苏铁不言不动，脚踝像一只被扼的白鸽，柔顺地，停在他的掌握里。

一寸寸，游走而上，可道的手。苏铁的小腿沉重而大腿丰盈，属于成年女子的倦怠与体香。缓缓，抚摸着她柔细的汗毛，她些许粗糙的膝头，有一团火，从她皮肤底下燃起。终于探至那神秘的谷底，青草丛生，涌出泉水——可道从不知道事情是如何发生。

他又听见那音乐了，"往事依稀又重见，心内波澜现，抛开往事断仇怨，相伴到天边……"

英雄的缠绵，格外爱恨交织。

他们却只是两个暗夜里的凡人，互相掩埋自己于这一刻的激情里，尽情放诞。

时近黎明，夜色如静湛的深海，他们周身笼着一层黑的透明光，是两尊相抱的大理石雕像。迫不及待地要，迫不及待地给。

如此庄重悲哀近乎于死的，生的愉悦。

"射雕英雄塞外奔驰……"总是在这样烂灿的刹那，记忆枯骨生肉，血淋淋在他心中。

而可道不断冲刺，大潮般一波波涌上，一潮高过一潮，动地而来，在苏铁的身体上燃爆出小小彩虹。

某一个瞬间，像火箭飞到最高处，燃烧殆尽，壮烈地陨落，呼啸着撞向地面。失去重力的羁绊，多么轻盈。

他便完结了。

事过后的一瞬，有难堪的寂静，窒息人。

苏铁折身去抽一枝烟。

可道赤裸着，与她非常靠近。苏铁递他一枝，他摇摇头。

被翻红浪，香冷金鲵。

如果有爱，会有多么快乐。

静着，遥遥听见，仿佛有钟摆，嘀嘀哒哒，爬楼梯一般平平走着。

突然，"不苦老、不苦老……"铜的浑厚声音，响彻全屋，如子弹射透他的胸。

就在苏铁卧室的床头柜上，他的猫头鹰。还是一样地，既庄严又温柔，握在手里，沉重冰凉而光滑的感觉。有些裸露的地方，生了绿的锈。

他的锈，却在内里，侵入他的意志与尊严，一步步蚕食掉他整个人。

朝阳红彤彤，他曾经多么熟悉，小时候每天陪他去上学的那一个朝阳。

恍如隔世。可道的心，怦怦跳。

眼前有雾，一闪，也便过去了。

那是第一次，可道发现，自己可能永远失去了落泪的能力。

苏铁近前去关掉了闹钟，回过头来："喜欢吗？我在旧货店买的。"

原来是她买了去。"你怎么会买一只猫头鹰钟？"可道无法掩饰他的情绪。

苏铁语调淡定："我结第三次婚的时候，我丈夫的母亲强烈反对，说我是夜猫子进门，无事不来。后来她养的一对珍珠鸟，飞在半空中，突然叫一声，掉下来死了。她就说，看，《封神榜》里鹰见妲己就是这样。这是铁证，天在启示。"

"后来呢？"

"不到百日，就离了婚。"苏铁耸耸肩，"有一天逛街，就看到这只猫头鹰，在橱窗后面看我，像一直等我似的。觉得有趣，就买下来了。大概给老板看出来，一个子儿都不让。"

原来是她买了去。

难道猫头鹰也有灵魂，一路追随他流转至此？可道深深感觉，命运的无处不在。今生何生，轮回已然发生。

可道很想说："给我，好吗？"

给我旧日生活的唯一残片。

我会好好珍重它，如对远古时代的青铜器。让我抱它回家，像许多年前，抱着父亲的骨灰盒，一个人烧成灰是那么轻，贴在怀里，我便像在抱一个小孩子。

可道说："天亮了，我要走了。"苏铁有点贪恋："吃了早饭再走？"而这一夜他们不断重复，像预言或者征兆的，其实不过是：

——女曰鸡鸣，士曰昧旦。

三千年前，便已注定。

晚上，苏铁把电话打到了麒麟店："可道，你愿不愿意跟我一起住？"

又一次，她叫他"可道"，清晰柔和，不是强调，也非调情。她只是，在叫他的名字。

"到底为什么，你知道我的名字?"可道几乎忍无可忍，低吼。

苏铁没有回答，只问："好吗?"简单而有力，像拥抱。

她不是第一个提出这种要求的人。

可道一直记得那个莲花浴缸，几乎有寻常人家客厅般大小，水面上铺了玫瑰与蔷薇。裸身女子仰在浴缸里，仿佛蜘蛛女在她的网，周身缀满湛红花瓣，如纹身，或者豹纹。

女子在等待可道，等待一场水的舞蹈。她的嘴唇饥渴，她轻轻舔舐，如嗜血。

她在意乱情迷里低呼："你可要天上的星? 我给你。只要你留下来。"

还有甄老板，以及甲乙丙丁、戊己庚辛。

他们都要他。留下。五体投地在他们的世界。

却谁也没有问过，他的名字。那只是躺在身份证上的三个字，冷落蒙尘。他从此不过是鱼缸里一条绚烂热带鱼，或者地毯上一条睡着的斑点狗。宠物的名字，便是他的名字。

而苏铁，在唤他的名："可道。"

可道说："容我想一想。"

那年，苏铁三十五岁，可道十九。

睡到半夜被炽天狠命推醒："可道，可道，起来，我有话跟你说。"

可道以手挡着脸，"你说你说。"

"李加要回北京了，我要跟他一起走。"

便自此睡意全无。

这是一个没有月亮的晚上，黑暗不分远近，包容着他们。午夜仍有车，自他们窗前经过，"滴滴"几声，无人呼应的寂寞。

两人并躺在床上，半晌什么也没说。炽天的鬈发，像鸟窝，里面藏了热量和气味，是新生的雏鸟。

可道辨得出，有烟、酒气、尘的混浊、微馊的汗意、另一个人的体味，以及，腥甜。

那味道，让他的心一凛。

"李加昨天跟我谈了，他说我的形象比较叛逆，声音也有特质，只是不够浑厚。他叫我跟他一起住，他可以包装我。他不是有一个工作室，叫'宝岛音乐'吗？"炽天不疾不缓，经过几番苦思量，波澜早定。

可道问："台资？"

"不是。李加说世界像大海，每个人都是一座孤单的岛，什么什么的，反正隔得很远的意思。"

"但他跟你靠近？"可道问得犀利，"你是同性恋吗？你喜欢李加吗？"

"不，我只是卖身。"炽天静静答。

"你们已经?"

"没有啊。谁说的?"炽天眼睛一弹,"我还是处男。"

"去你妈的处男,真不要脸。"可道脱口骂出。

"我当然是处男,我跟一万个人睡我也是处男。谁敢说我不是,拿证据出来。"炽天"呼"一声坐起。

可道抢起枕头就砸他,两个人闹作一团,炽天笑得透不过气。小小的无忧时分。

可道终于道:"必得如此吗?炽天,其实你唱得很好,你一直唱下去,你会出来的。"

炽天笑了,嘲谑也自嘲自谑:"真的?你信?"冷笑,变了色,"你为什么到饮马长街来?你干嘛不好好读你的书?天堂有路你以为我不会走,见到火坑我巴巴往里跳?可道,我根本没有别的路走,"声嘶力竭,眼睛像要吃人,"我只是,想唱歌呀。"

突然,他——

一大颗泪堕了下来。

抱住炽天,就像抱住人生的缺憾。可道一伸手,承住炽天的泪,在他掌心嗒然摊开。

这是个劈山填海、江河改道的年代,连王屋、太行都可以倏忽飞去,还谈何永恒。以人的渺小,妄想与命运对抗,实在太过残酷。

与其相濡以沫,相暖以怀,不如,不如不如,相忘于江湖。

那一夜，可道想起林大哥说过的，饮马长街的来历：起于唐，全盛于宋，自此历代不衰的烟花之地。

只因附近有驻军，大批男儿，有军饷、气力和性欲，便聚了女人，如蝇逐血。渐成规模，盖楼建屋，成此长街。讨生活的人遂也有男有女，林林杂杂。

一日，某官爷经过，见街上，尽是军马，黑骏马、红鬃烈马、白龙驹、汗血宝马……一视同仁地拴在同一排桩上。

大骇："这么多马在这里做什么？"

手下人急中生智："他们在饮马。"

这从不是一个可以终老之地。街角那块千年碑刻，想应读过无数乐与怒，痛与爱情，泡沫般璀璨与毁灭的梦想。

而那些曾经青春的脸孔哪里去了呢？碑刻沉默不语。饮马长街却在星移半转、浩劫频仍里修炼成精，越来越道行高深，与日月同辉。

有欲望处，便有饮马长街。只是有时换个名字罢了。

李加和炽天走的时候，可道没送，他知道炽天不要他送。

炽天要无声无息、不为人知地走，像在黑夜里悄悄点燃鞭炮的引线，那一点红迅速蔓延。然后一声轰天巨响，他一飞冲天，化作万点烟花，万人仰目，再衣锦还乡地回。

而在人潮汹涌的商场里，可道似乎听见了，飞机的隐

约声音。

身边，苏铁已帮他挑好了戒指。"你觉得怎么样？"

是黄金白金双环相嵌，镶满碎钻，熠熠闪烁，如夏夜，有星满天，白蛇青蛇互缠而来。分外妖娆。

这款式，叫"long love"，相爱永远。倒不大贵，两万八，打一个九五折。

可道有一种被迎娶之感：以此黄白二物，作他的入门之礼。

——知子之顺之，杂佩以问之。

只说："很好。谢谢。"并不试戴。

后来可道才发现，以物易物，原是人世间最纯粹、最洁净的关系，因为心无旁骛。

多干脆，报价，填单，成交，如交易股票。

小姐颇伶俐，此刻误会了："太太，真看不出来，您有这么大儿子，像姐弟。就是嘛，的确应该买点好东西留给儿子，将来娶媳妇、传宗接代，都要一件传家宝啊。"

一抹不自在掠过苏铁的脸，她只嗯啊几声："开单子吧。帮我包好一点。"可道睨向她，几乎是恶意的。

是否该挽起苏铁的手，柔声道："妈，这位姐姐说的对呀。"还是义正辞严对小姐，"她是我女朋友。"

可道只说："我去交钱。"

交完款回来，柜台前已不见苏铁，小姐信手指个方向，遥遥看去，是床上用品区，一墙的七彩锦绣，缤纷罗帛。

苏铁只仰头——细看，良久，仿佛痴了。

可道却又闻到那年的盛夏气息。

丧礼与婚礼原来那么接近，随份送礼，应份说话，一种醉酒般的丧气热闹。

墙边悬挂着，众人送的丧幛。其实都是些床单，如此刻，一幅幅排着。朱红，嫣紫，大朵的牡丹，金线眩目，在电风扇的劲风里，阵阵摆荡，尽情地展示着它们的美丽、柔软及温存。

可道忘了拖地，也没人记得提醒他，水泥地上，四处灰烟沉沉，每个人身后都拖着一条尘龙。他缩在墙边，悄悄伸手，感觉灰尘落在他掌心，静如细吻。

而苏铁的手此刻正停在一幅桃红底七彩线鸳鸯戏水的贡缎被面上，信手捻搓，婉丽亮缎上激起一小片旖旎波浪。

——抑或冷酷的暗示：他也不过是床上用品？

小姐过来招呼，苏铁就放手离开。

大约是很想很想走一段路，并且抽一枝滋味浓烈的烟吧。打电话叫店里的人开车回去，一路上，苏铁与可道走在林荫道上，树影之间，是阳光片片，不落别处。

苏铁徐徐说一段故事给他听。

"我小时候，每逢喜事，街上过嫁妆，就跑出去看。衣服啊，窗帘啊，毛衣啊，尤其是床铺，两床，四床，八床不得了啦。那时，一床缎子被面，外婆用了妈妈用，妈妈用了女儿用，都只过嫁妆那一会儿，收起来，谁也不舍得

睡。我就立志，等我结婚，要十六床被面。结果呀，结婚都快十六次了，一床被面都没混到。"

苏铁微微笑，许久又低低道："苦恨年年压金线，为他人做嫁衣裳。"

苏铁是闺秀服饰公司的老板，手下六家分店。

时光水逝山沉，我们所得的，往往不是我们所求。可道还是感到自身的无能为力。

或者为了苏铁的淡然微笑，或者为了，这缠绵而清凉的傍晚风。他便伸手出去，环住苏铁。

两人慢慢，相拥而行，到家已华灯初上，苏铁洗手下厨，须臾端出两菜一汤来，又炸了春卷，叫："吃饭。"

也算得一种举案齐眉、相敬如宾。

就此安稳下来。

快大考了，辅导员早已托人频频警告可道——不过他本人和他所托的人，都难得找到可道，可道上课遂也规矩些。又借了笔记回来复印，穿得也朴素，多少有些学生样子。

早上一二节有课的话，苏铁开了宝马车送他。可道渐渐习惯清晨的太阳，稚气地，一跳一跳着，高升。

傍晚，一人搬一把藤椅，对面坐于阳台上，看夕阳西下，一天云霞烂漫。夏夜时常有月，沉凝如银盆，平搁于地，光线闲闲地化为时间。呼吸着城市的金尘，可道喝珍珠米酒，苏铁抽一枝烟，断断续续，聊几句天。

可道偶尔念一首诗给苏铁听："宜言饮酒，与子偕老；琴瑟在御，莫不静好。"

那是父亲教过他的，他唯一会背的一首《诗经》。

因而有时便在阳台上。如此缱绻欢喜。墙上一株爬山虎，藤叶一直攀到九重天，落影在他们裸身，为他们盖一床青枝绿叶的被。

枝叶光影乱拂，不知是风动，藤动，月光动，还是相拥的两个人，在动。

床笫之间，诸多调笑。

苏铁时不时捏他的腰，笑道："小蛮腰。"双手虎口一合，作势欲环，"盈盈一握嘛，"再单手比一比，"啧啧啧，一手可以掌握。"那样纤细的腰，仿佛刻意紧张，随时爆发。

可道便揪一把她的腹，略略松驰："咦，下星期陪你去拉皮吧。"

苏铁"啪"打他的手。

星期天，苏铁去买菜，可道稍后几步跟着，替她拎着。菜市场是个色香味的丰盛世界。苏铁时时掉个头问他："今天吃酸菜鱼还是糖醋鱼？"握着一把香菜都进退不得，频频问他："你要吃多少？我只要一点。"很贤良淑德的样子。

那段日子，炽天已用艺名炽天使，出了第一首单曲，便是那首《如果一个字》。

CD 封面上，有深紫山川，雅典神庙的巨大白石柱，炽天的鬈发染成金铜色，一身黑衣，额上有一颗星。深深看人，黑眼睛里有一种繁华落尽，宁静的悲哀。

黑色小字："他是披了鬼衣的天使，他是炼狱重生的爱神。"

造型、文字皆上乘，足见李加下了工夫。

但歌没那么好听了。配乐太过复杂精致，如八月长草，管自依依，而炽天白马一般的声音，隐在其间。风不吹，草不低，如何现身？

但何谓势力，昭然若揭。

《如果一个字》在各大流行榜上飞飙，连升三级般的轻狂不可能。

炽天在电话里的声音兴高采烈："我们正在筹划新曲，很快专辑就要出版。他正在帮我联系导演，筹拍 MTV，他说，我们要趁热打铁。"简直忙得不可开交，焦头烂额也是喜欢的。

可道取笑他："谁是他？我们又是谁？"

炽天笑骂："常可道，你学坏了。一定是苏妈妈带坏的。"——他们在背地，叫苏铁"苏妈妈"。"苏妈妈对你怎么样？"

"还成。"

暑假里，苏妈妈要出差，开了车与他一起上路。沿途，稻田万顷，尽是金黄，农舍前的小池塘，水牛悠闲泡在水里，左右甩着尾巴。长日漫漫，边开车，苏铁边与可道聊天，她在头发上绑一条玫瑰丝巾。话题有一句没一句，却像剪不断，理不乱，永远不会终止。

一日国道塞车，许久都疏通不了，身前身后的车队不断蔓延。他们坐在车里耐心等待，暮色渐如玫瑰成灰，而启明星闪烁，苏铁轻轻去握可道的手，可道也正同时去握他。

一瞬间的默契，胜过许多激情。

可是没有更多的了。苏铁沉醉于他甘美的十九岁肉体，可道尽情享用她的豪奢与金钱，谁会向醉生梦死的日子要承诺，谁又能，永远掬住一握水？

于是。在教室。在图书馆门口的自动售饮料机前。在一棵花瓣纷飞的合欢树下，捡起一个打偏了的网球。在用食堂改造的简单舞池里，舞步轻轻飞扬——他总是遇到其他女人，并且喜欢，那些星星一样奇异，一样闪着光，花朵一样芳香，水果一样鲜嫩的女孩子。

要极年轻极年轻的，才可以平衡苏铁的存在，安顿他燃烧的期冀。

同龄男生都抱怨女生高不可攀，芳心难测。而对可道来说，认识女孩子易如反掌，像数学家解一元一次方程，一眼看到答案，因而完全失去过程。

不过例行公事般地，一天一朵花，康乃馨或者百合；

三天看一场电影；一周吃一餐饭；半个月的时候，就可以送精巧银饰。女孩哭的时候借肩膀给她，有时碰到她说起过的书和 CD，就随手买下来带给她。

间中上床。

与其生于忧患，何不死于安乐？这原本就是一个争宠年代，外遇与传奇分饰男女主角。

自是瞒着苏铁，做贼心虚地，在街上看到"闺秀"专卖店都绕路而行。

他的行踪，苏铁从来不问。只每月月头在他账上放三千块钱零花，月中问一句："钱够不够用？"凝视他，若有所思。

可道平心静气："够。"

苏铁话中仿佛有所深意："不够就说话。"瞳孔里有一种女性的直觉，滋味复杂。

她孤单地站了一会儿，掏一枝烟出来。她总是抽很男人的烟：红塔山、中华、云烟。深深地，把烟吞进，咽下，渗入每一根毛细血管。

可道原以为，自己会像《醒世姻缘传》偷人的从良妓女，理直气壮："打什么紧，谁家婆唱的不会养汉呢?"

但他的不安，却像秋虫，唧唧鸣叫。心如秋后收割过的土地，麦茬缭乱不已。

那时，他与苏铁已由浓渐淡。

白天分头上班上学，傍晚在饭桌上讲几句话。晚上分头睡觉，可道把猫头鹰抱到自己房里，有时会去敲她的门："可以吗?"抑或苏铁会过来，讲几句话，多停一会儿。

因为太熟稔，性不再有最初的魔幻魅影，是很多次中的一次，了无意趣。

而苏铁的人生简单至此，几乎像钢笔画，除了硬线条之外，一无其余。

定时寄钱回家，却绝无来往，口气平淡，"觉得我丢人现眼吧。"离婚三次、男人无数的坏女人；朋友都是生意上的，熟人而已，偶尔酬酢，清净晚上只坐在桌前看设计图样或者账簿；时常在午夜默坐，静静抽一枝烟。

太平洋上孤岛一般的日子，只听见阳台上爬山虎，抽长生叶，青翠的啪啪声。她的鲁滨逊是可道。遇难到此，时刻等候救援，远去后不会回头。她知道。

苏铁的寂寞，可道全看在心里。

仿佛他的另一个可道又回来，在问："为什么要乱搞?你对不起苏铁。"

他静默一会儿，暗答："不，我们的关系不要求彼此忠贞，我也不曾承诺。"

他在外边更加放肆了。

新女伴是丹麦留学生。亚麻头发，眼睛如碧海晴天，皮肤有婴儿的粉红。北欧女子的高挑明艳，十分迷人。在邮局帮她填了一张包裹单，就认识了。

那天恰好苏铁有些上火，他在药店买了百合、金银花

和莲子心，枯草颜色的纸包，拎在手里。颇有住家男人样貌。

女子用支离破碎的中文问："夫妻生活，你喜欢？"

可道瞠目结舌，答不出来。

后来才弄清，她指的不过是家庭生活。

进行到可以上床的时候，女子便问："你可做过爱滋病检查？"蓝眼睛十分庄重。

可道反问："你呢？"

女子答："Of course。"

秋叶沙沙，追逐人的脚步的季节，他去看了一部《巴黎最后的探戈》。突然跃出一段马塞克，沙沙跳动，提醒他，不过是一场影戏，还是一张盗版碟。

人生何得不空虚。

不知不觉间，可道蓄起长发。

炽天在北京倒越混越好，新歌迭现，宣传铺天盖地，咄咄逼人。MTV也拍了，电视上频频露脸，如新出锅的糖炒板栗，炙手可热。

第二年年底，炽天出了第一张专辑，回来开歌迷见面会。

可道在飞机场迎他。两人的第一感觉都是：对方长高了。相抱一下，一时无语。

死去的原来只是心，如木乃伊枯干。身体却依旧成长，有所贪慕。

身后，李加现身，高高大大地挽着炽天。

除此，并没有更多，可是什么端倪周遭的人早看得破。

纷纷扰扰吃了一顿饭。都是圈中人物吧，除了可道。报社、电台、电视台的，谈笑风生，说的无非人是物非，无一字涉及音乐。

天气冷，炽天着素身银灰大衣，越衬得眉目飞扬。席间觥筹交错得热闹，也不大轮得到他说话，他只在角落，吃一点菜，专注地听。

偶尔低声，不知与李加说了句什么。李加突然翻了脸，大约也借了酒意，"啪"就是一耳光，清脆凌厉。

一时，席间皆静。可道呆住。

李加硬僵僵坐着，绷紧脸，只一筷一筷挟菜，又一口抿尽杯中残酒。

良久，炽天缓缓放下手，脸上五道指痕，明白如画。他低头，亦无泪可拭。

众人面面相觑，有人便笑起来。

都是酒后，更大的事也不放在心上，何况这等小儿女，又这么别扭——男人不便劝，女人更不便。于是酒照敬，拳照划，笑自笑，闹自闹。

可道哗一声起身，把炽天的手一牵："出来走走。"

餐厅在半山腰，劲风吹得满山松树都背过身去，一林银白松叶闪烁。炽天瑟缩一下，可道终于忍不住问他："炽

天，李加到底对你好不好？”

炽天跨坐在栏杆上，脸向着远处，语气漠然，“你都看到了。”

“那你还跟他在一起？”可道几乎痛心疾首。

炽天不响，眼睛醒醒地看他，如洪水退后的沙滩，清晓空旷：“但他给我出了专辑《炽天使涅槃》，而且正在筹备下一张《炽天使重生》。我现在虽然不算红，也混个脸熟，我怎么离得开他？”

相视，彼此无言。风急劲，一座山都像摇摇欲坠。可道只觉立足不稳。

这时，李加出来了，靠近。“疼不疼？”笑嘻嘻地，涎着脸。

炽天脸一沉，只当没听见。

他亲狎地伸手去抚，“伤到了没有？”

炽天啪一掌，把他手打飞，跳下栏杆就往前走。

李加一路在后边追，连声道饶：“我错了好不好？我喝醉了。”在石梯转角处截住炽天，“我打自己行不行？”

真的扇自己两巴掌，重显然不会重，响是真响。

炽天把脸掉个方向，犹自洋洋不理，却禁不住嘴角一翘。

李加得了机，转到另一边，忽然凑过去将脸贴在炽天挨过打的脸颊上，“疼噢？”顺势猛力抱住炽天。

炽天不依了几下，还是笑出来。

低声下气若是，李加神态中却毫无诚意，无非是玩弄炽天于股掌，一场由他主控、制定规则的游戏。

原来炽天与他，都是乞儿，在造化面前百般取悦，终于换来一句："嗟，来食。"就连忙匍跪于地，"谢主隆恩。"

歌迷见面会当夜举行，就在可道的大学。天色将雪未雪，大礼堂里万头攒动，呵气跺脚地一片尘，炽天穿一件铁锈红厚羊毛衫，头发闪着铜光，意气风发地出场，顿时下面一片欢呼。

一曲《如果一个字》唱罢，就有女孩子冲上台去献花献吻，并且高呼："炽天使，我爱你。"

说爱你那么容易，比在麒麟店还要容易。

炽天眼中全是光，如灯下的红穗，摇动美丽："谢谢谢谢。谢谢大家的支持。"又唱又跳，灯下他额上的汗看得很清楚。

可道悄悄离开，站在走廊上，看向落地长窗外的夜色。

身边有响动，是李加，靠在墙壁上，笑问："看什么呢？"

可道只沉默，冷眼而视。

在欲望的原始雨林，李加是永远的偷猎者，不顾任何禁忌道义，一意捕猎。尤其是，文化人的身份，带给他无上骄傲，和对炽天的轻视。

若他在得到自己想要的东西时，真能提携一记炽天，便已是圣人了。

回家这时，可道的手机响了，显示有消息留在秘书台。

可道报上号码及密码，小姐却怀疑地问："您真的是机主吗？可是两分钟以前，才有一位女士查过台，她也有密码。"

可道顺口答："她是我女朋友。"挂断电话。掩口良久，喘不过气。

有多久，苏铁在查他的手机？当她听过那么多瑰丽情话、约会地点与时间、种种暧昧细节之后，居然可以，毫不形诸于声色？

他又何尝，不是被人玩弄于股掌间？

这样渴望，像久旱大地渴盼雨水一般，渴望着。那夜，他与伊媚儿上了床。

媚儿是法文系学生，小小秀丽的五官，肤色却略黑，汗毛柔细褐色，遥看近却无，乌木雕似精致女子。

床上第下，他的长发纷披，如一场急雨。媚儿一笑便滚作一团。他握紧她，觉得她周身肌肤一如巧克力渐融，柔而韧而滑而炙手可热，缠绵若丝。

可以融在口，为何要她融在手？

他的爱有如他的阴茎，一般地易于勃起，也一般地脆弱敏感，易于受伤。

怀揣着对苏铁无端的恨，与媚儿，一次又一次，"相爱永远"。

而媚儿咬他一身细密齿印，像一条玫瑰过道，先是血红，渐渐转为微紫褐，仿佛花瓣的凋零。

某一日的床，媚儿猫也似伏在他耳边，低语："我的父母想见你。"

可道一愣："见我？为什么？"

媚儿嗔道："哎呀，你怎么这么笨哪？"缠缠绵绵，扭股糖似在他怀里扭几下。腼腆而雀跃，一身遮不住的陶然，"见一下未来女婿呀。"

可道一惊，坐起，"但我们只是一般朋友啊。"

媚儿的一脸容光，恋爱女子的容光，急冻成冰，良久，碎一地冰屑："你说什么？一般朋友？我们都已经……"

"那又怎么样？"可道已冷静下来，披衣下床，"爱是爱，性是性，不相干的。"感官的发生，就让它止于感官。

"你不爱我？"媚儿的嘴唇声音都在抖颤，眼光绝望。

"不。"不爱，也只一个字。

"那你为什么要……"媚儿失声。

"你为什么不拒绝？"可道冷冷。

媚儿伏在床上，失声痛哭："常可道，你真是个混蛋。"

可道轻描淡写道："我错了，我犯了这世界上大多数男人都会犯的错误。"径自穿衣。

多么恶毒，但多么愉快。

系紧皮带，扣好钮扣，拉齐领口衣角。

转身，如此衣冠俨然，面对着床上赤裸的女体："对不起。"不顾而去。

"常可道，你会后悔的。"轻轻带上门，媚儿的哭叫声陡然被湮住，像一堆污雪闷死一只知更鸟。

深夜手机响了又响，将可道从睡梦中惊醒，传来女子黑色的呜咽："常可道，你到底有没有心？"

可道实在困得紧，随手关上手机，一觉睡到大天亮。

被猫头鹰叫醒的刹那，闻到厨房里煎鸡蛋的油香，才蓦然一凛：昨夜的铃声，难道苏铁会没听见？

苏铁头也不回："快点洗，煎蛋冷了就不好吃了。"声音瓮瓮，是感冒了吧。始终不曾看他一眼。

不几日，正在上课，辅导员已派人传召。

蔼然问道："听同学说，你不在寝室里住？什么亲戚啊？你父亲的学生啊……"

——可道不愿意，在苏铁与他之间放置任何血缘或者人伦关系。

"你好像和女同学玩得比较多？哪个系的都有吧？还有一个留学生？他们说，你社会上朋友也很多？……"

原来他的脸型是四四方方、木刻石雕的国字脸，透出一腔意犹未尽，一句句，仿佛步步进逼。

可道心中起疑，遂也答得步步为营，不敢贸然。

终于问道:"你跟伊媚儿是什么关系?"仿佛想起,便顺口提起。

可道心中打鼓。"同学。"简洁答。

"只是同学?"含笑追击,眼中却有锥也似光点,逼人。

"只是同学。"

办公室僻居一隅,偶有人来,每一开门都像打开冰箱门,一阵阴风,楼道里的灯光投进来。又关上。

"是吗?可是上星期五伊媚儿向我们反映,说你强奸了她,而且,"每一字都是玩味,仿佛字字珠玑,极其过瘾,"她怀了你的孩子!"

辅导员笑容一敛,冷厉看他。

——地狱里的雷霆烈火,尚不及一个被嘲弄女子的愤怒。

兹事体大,可道直觉反应:"怎么可能,她乱说的。"口气极淡。却分明觉得,背上的汗毛,一根一根竖起来。

辅导员倾身前来,压下一片巨大阴影:"这种事,她会乱说吗?"轻如耳语。又悠然靠后,一脸的洞察一切。

可道忽然恍悟,他在演一出戏,戏中他是明察秋毫、嫉恶如仇的正义男主角,并且以假乱真的,先已陶醉。

可道冷冷答:"你该去问她呀。"

辅导员一拍桌子,大喝:"你自己做的事你自己最清楚!"

他们当年,也是一样地对待父亲吗?

然而父亲只是个不起眼的会计，黄昏时分默默夹着包走过家属区。碎步，靠边，稍偻的背，永远不抬起的头，鬓与衣领都是洗不褪的灰。偶尔有人招呼他，他胡乱抬眼，张惶的笑，像牛奶上的一层膜，抖抖漾着。夕阳如溅，尘土亦带着金，父亲整个人不过如一个微灰的小点，蠕蠕动着。

怎么还会有传言，是暗暗的风，掠过每一家的窗与门。

有人公然在过道上拦住他问："老常，听说你跟那个寡妇有一腿?"笑嘻嘻地，围上很多眼与耳，好奇到天真无邪的地步。父亲在群聚而来的笑里团团乱转，像狐在猎犬之间无路可逃。

终究逃到黑暗里去。

踩死他，像顺脚踩死只瓢虫般容易。

而今天，他们又对他来这一套。

局面如此精彩，富戏剧性。但风月场，正如官场，每个人都是天生的戏剧家。可道站起，"既然她说她怀了孕，那么，生下来好了，然后做亲子鉴定。如果是我的，我甘受国法处置。王老师，我先回去上课了。"

——孩子? 太大的笑话了。

又是光与风，一起扑进，门一开，进来了苏铁。

那一刻，可道真正感到了恐怖，一种比死亡更深的恐怖。他的四肢已经被分绑在马尾上，蹄声得得，五马待奔，他将四分五裂，碎得一块一块的在路上。

他当面违背契约，不忠至此，还有什么话说？

他应得此报。

苏铁只平稳地说："可道，你在外边等我一下。"掩嘴咳嗽两声。

头上一盏黄灯，走廊仿佛浸在水底下，阴湿寒意。等待非常漫长难捱，是苦海无边，回头也只见一扇冰冷的门，并没有岸。

而且插上了插销。

他们在密谋，如何处置他吧？电椅、绞刑还是乱棍打死？

人生这一局，又这般惨败下来。他这些时的安定，只是虚幻。

——"大学生常可道"，嘿嘿，没这个命。认了，可道倒反而，心中清凉平静。

苏铁终于出来，在门边与辅导员寒暄："好，我明白。我已经跟他们家沟通过了。这样处理再好不过了。我会，我会。"一直咳，不时停下来清嗓子，扯直了似的。

经过可道时视如无睹，走远了才丢一句，冷厉："站那里干什么？还不回家。"夹在语音里的咳嗽，钢花般飞溅。

"没事了。"上了车，苏铁只说了一句，就伏在方向盘上剧咳不已，像一种抗议。半天，吐出烟灰色的痰，止了咳，脸涨得通红。

可道不忍，道："我开车吧。"

——前三个月，他便拿了执照。也曾在苏铁出差日子，开车接送过女孩。

一整天，苏铁都在咳，可道屡次想劝她去医院，又不敢。一半觉得屈辱，又一半，自承有罪，可道心虚得紧，一直躲在房里。

到下午，苏铁好了一点，不大咳了。

半夜，可道被苏铁的咳嗽声弄醒。

听见苏铁在客厅，摸黑开了抽屉，可能是在找药。咳得那么凶，仿佛哽了一喉的金与玉，只得用这样猛烈的方式渲泄出来。一连串喧嚣声浪，打在四壁上。

喘不过气，张大嘴，大声呼吸，仿佛极缺氧极渴，即将窒息。

又像在咳血。

可道再也听不下去，翻身下床。"你找什么？我帮你找。"

苏铁低吼："你走开。我不要你管。"蹲在抽屉前，双手乱翻一气。

可道找出急支糖浆，递过去，苏铁正转脸过来，他一手触到：苏铁的泪，流了一脸，像一条条温热而凄怆的河。

"可道，你还要我怎么待你？"黑暗里，苏铁终于出声哽咽，"你到底要我怎么样？"伏在抽屉上，苏铁死命忍泪。

就这样，可道跪下，在她身边："对不起。"难过之极，心在胸中绞痛，恨不得立刻死掉来赎罪，只求苏铁能饶恕他。

他跪着，苏铁哭倒在他怀里。可道一声一声："对不起。对不起。对不起。"身体全被掏空似的，只剩了这一句话。

期末考试后，就放了寒假。

再回到校园，风波已过。官方说辞是：伊媚儿神经衰弱，休学一年。强奸怀孕之论，自是烟消云散。

可道知道，苏铁给出了一笔巨款：金钱面前，没有法律；巨款面前，没有上帝。

滔天大罪，一笔勾消。自此同学们看视可道，如同漏网的杀人凶手，女孩子们也晓得厉害，不敢再近身。

可道倒觉清净许多。痛定思痛，也快二十岁的人，不久要毕业求职，难道要苏铁养他一辈子？一朝春尽红颜老，他肯，苏铁也未必肯。

遂也学着众同学，英语四、六级，电脑一、二级，律师、会计师、GRE、托福……一一考过来。及格与否，都很淡然。

闷的时候，在家里看 DVD，听音乐，独自承担音乐的哀怨或欢喜。学会了下厨，苏铁下班回家，便有热饭热菜在桌上。

正所谓：不是东风压倒西风，就是西风压倒东风。

有时和苏铁出去玩，先到"闺秀"去接她，不在总店，

就在六家分店的某一家。一边等她，顺便帮店里卖衣服，创过一小时卖掉四万块钱的纪录——仿佛天赋异禀，他信手一拿，一定是架上最贵的那一件衣服。

有何不好，亦无所谓快乐或者不快乐。

只是越来越不喜欢干燥花。

好好的一朵花，姹紫嫣红，水色玲珑，偏偏要用玻璃和软纸，一点点吸净它所有的水分，让它枯干如脆纸。分明已死，不再有花的灵魂，偏偏还保持着花的形状。

被收藏的枯萎青春，就是他。

这般的心如古井，无是无非，他还是遇到了金小麦。

是大三那一年的元旦晚会，女主持人在台上管自抒情："眼看十二点的钟声就要敲响，我们的一只脚已经踏入新的一年……"

可道只低头，却忍得几乎噎死：如果你的一只脚在新年，另一只脚在旧年，那么，我可不可以在新旧交替的元旦，到贵府拜访？

一抬头，远处有个女生正静定看他，眼光如斯清明。

学生乐队的鼓声格外炽烈，仿佛重重雨点打下来。他们被雨隔在街的两边，雨尘飞扬，车来车往，对面的脸在车流里时隐时现，如花开花谢，看不清。却分明觉得与己有关，是生活里可亲的人。雨住了，各走各路，也就忘了那一瞬。

晚会开始后，她过来找他，自我介绍叫金小麦，问他可愿意参加他们的学生剧团，饰演罗密欧。可道拒绝，又道："如果下次演李嘉诚，我倒愿意一试。"

她立刻说："一言为定。"眼神像儿歌般活泼朴素，而又直通性灵。

他只看她一眼，就知道她喜欢他。

她喜欢可道，就常常来找他玩，连名带姓叫他"常可道"。旁人有所侧目，她便抬起她天真明亮的眼睛，不服气道："朋友也是五伦之一啊。"

她喜欢人，和她做任何事一样，一心一意，灵魂是半透明的羊脂玉，思无邪。

在街上吃了一种冰淇淋，觉得好，就多买一根，咚咚咚冲过大半校园来找可道。到的时候，冰淇淋已化得差不多。可道赶紧吃，吃的速度还追不上化的速度，哪里吃得出滋味。

她笑了，舐着自己手指上的奶油，白色圆裙上洒满金色光点。她总是留圆圆的妹妹头，纯良的大眼睛，日本娃娃似的。

而可道的头发却越来越长，缠绵热烈，有法国梧桐的茂密风情。

很容易地，可道被她所打动。爱上她，却绝无可能。

都说爱情是生命中的音乐与光，他则是暗影中的鬼魁，不堪见光。

小麦是金色的，属于阳光、水、空气，健康饱满；他却是异兽，是孔子一见之后，即喟然长叹，从此放弃笔墨的麒麟。

即使此刻安定成植物，也是热带雨林里的食人树。

与小麦在一起，他每每觉得自己脏，小麦又干净得让人怜惜，像面包与盐。欧洲风俗里，便是用这两样东西，来对付魔鬼。

因而只以同学相待。

甚至带小麦去"闺秀"买衣服，他现在什么都不瞒苏铁，懒得瞒，她吃的盐多过他吃的米呢。

苏铁微笑与小麦寒暄，给她打一个七折。

五月，学校组织去武当山旅游，可道与小麦坐在一起。路上翻了车。措手不及的刹那，可道飞身护住小麦。

从震骇中渐渐清醒，只听见车内的一片寂静，而车头里录音机竟还在细细地唱，可道感到了怀中，女子麦香气息的身体。

而他的额上在流血，一滴一滴，落在小麦脸上。小麦用嘴唇按住他额上的伤口，血便徐徐，流入她的齿间。

小麦号啕大哭："我喜欢你我爱你我要你。你不要死。"紧紧抱着他，仿佛他死了明天太阳就不会升起，世界从此凋谢。

直到可道，头上缚了绷带，轻轻叫她："不要哭。"

三、相思已是不得闲

　　大学毕业时，可道的头发留到了腰际，不知是否在潜意识里，以发的长度计算时间的流逝和变迁。那样深密而细碎的发，仿佛是他与苏铁共度的千余个日子，深黑的，众人瞩目的，脆弱的。

　　在毕业生动员会前一天，齐颈剪去，咔嚓咔嚓，长发如记忆，散了一地。

　　年轻放恣的日子，终究结束。

　　可道想去深圳。

　　炽天在电话里只沉默半晌，低声道："那以后，你不是离我越来越远？"

　　离他越来越远的，是否还有些别的什么？《涅槃》发行近两年，《重生》始终不曾出版，炽天在电视、报刊出现得也越来越少，重重复复，都是从前旧歌。个中底细，可道不敢问他。

　　炽天声音亦是散的，像珍珠成屑。

　　良久可道只好道："你自己，好好保重自己。"炽天说："你也是。"如此软弱而强韧，是一个与生活签订的城下之盟。

　　可道想去一个全新的、没有历史的城，既藏污纳垢，也藏龙卧虎。因为记忆已散了一地，故而无从回顾，不如，

让我们重新开始。

像一段痴迷反复的感情，一度，可道有过虚幻的希望。

求职，一如求偶，最重出处，又要门当户对，又要郎有情妾有意。喧嚣里，众人赤裸裸问着："你能不能够吃苦耐劳，只求奉献，不问收获？""你们可否底薪八千，升职快，机会多，容许员工进修？"

寻寻觅觅里，一家驻深圳的外国公司对可道有兴趣，调去他所有的资料。

——完美无瑕。名牌大学毕业，成绩单光辉耀目，拿过若干科奖学金，各种证书俱全，学校评语天上人间。是他人生的脉络清晰，如树的清癯主干及枝桠横陈。

无人知晓那树，曾在蓝天底下，盛放一树有毒花朵，黝紫凝血，气味溺死过一群鸽。

最后，人事部经理与他握手，站起时又犹疑地说："穿范思哲来打一份三千五百元月薪的工……"

"哦，是我叔叔帮我借的，就是为了面试，他在范思哲专卖店做事。"可道顺嘴道。

两人相视而笑。

万事俱备，只欠在欧洲五国出差的总经理回国后大笔一挥，对方即可开出接收函。

小麦陪他去买上班穿的西装，被售货小姐热情洋溢地认定是来购置结婚用品的情侣。小麦红了脸，立刻纠正了她，可是快乐着，快乐着这样的误会。

她的脸，是这城市罕有的白夜，明光灼灼。

　　"常可道，我也要去深圳了。"忍俊不禁，笑得弯下腰，好容易止住，想起什么，又大笑。小麦笑得眼泪都迸出来。

　　她去深圳一家报社应聘，编辑部主任不知出自广东何县何乡何村，一口鸟语，呕哑嘲哳难为听，盛赞她的文章："只是这个'经济'问题上，分寸还要把握好。"

　　小麦瞪大眼："什么经济问题，我根本没有经济问题。"

　　"不是那个'经济'问题，就是那个……比方说政治问题就是'经济'问题。"主任的舌头像麻花似的绞死。

　　小麦的眼睛瞪得更大："我更不可能有政治问题了。"

　　扰攘半日，原来是"禁忌"问题。

　　小麦笑得前俯后仰，抓着可道的手一直在摇，像小羊羔在摇铃铛。良久，可道才"嗤"一声笑出来：这女孩。

　　拖着小麦的手，像拖着一个小女孩，可道心里微微裂开的宁静痛楚与喜悦，如蝉蜕剥落，如蝴蝶即将的破茧。

　　爱是另一桩事。但看到小麦，让可道觉得年轻岁月，阳光如此，什么都可能发生。而即使到了八十岁，人生仍是有希望的。

　　小麦渐渐止了笑，全神看他，眼光诧异专注。良久慢慢说："常可道，你笑的样子，真好看。我第一次看到你笑。"

　　握紧小麦，忽然有泪意，她触到了他心底最柔软处，以她童稚无邪的小手指。已经湮灭的人的本能，重生。

　　事先没有告诉苏铁，她还是知道了。

　　可道回家时，苏铁当时人正在厨房，折身看见他，顿时杯盘与刀叉齐飞，脸色与猪肝一色，各种污言秽语都倾倒出来："翅膀硬了你就要飞！"

　　可道只一偏头，躲过重物。然后无言，蹲下，清理遍地狼藉。

　　可道喜欢吃春卷，苏铁常常炸给他吃，此刻便是一天一地的金卷子，犹自脆热。可道蹲着，一个一个捡起来，吃掉。春卷清脆爆裂，地菜香气扑鼻，屋里满满的，全是他吃东西的声音，只是这样一个平常傍晚。

　　苏铁终于平静下来，倚着门，默默看他，室内静如琉璃瓦。

　　许久可道方道："你答应过的。"嘴角牵动一下，还沾着金黄的春卷碎片。

　　——在他毕业时让他走。她还他自由，他还她河山。

　　"是为那个女孩子吗？"

　　可道慢慢摇头。

　　只是不能抵御，正常生活的诱惑。

　　忽然听见潮水慢慢的积聚，他知道，那是苏铁的眼泪。他的动作，迟疑了。

　　几天后，苏铁忽然递给他一件毛衣："那边冬天再暖，毛衣还是要的。"苦笑，"傻喔？什么买不到，只想亲手做点什么……我，以后，不要记我的坏处……"霍地抽身而起，卧室门重重撞上。可道不让自己去想，那门的里边，关住了什么。

可道细细抚摸毛衣厚实的纹路，圆浓的银灰毛线，有如沙漠里一只银狐，他想起那夜在国道上的携手。毛衣织得极劣，大洞小洞，仿佛是精疲力竭，无力回天，因而只能鱼死网破。可道忽然想这一生，从没穿过手织的毛衣，而南方的天空是否会更开阔？

只是，希望何其无由脆弱，往往只如云烟过眼。

那家外国公司无缘无故地，变了卦。

如果可道开始关注世界问题，就知因为息息相关，逃它不掉。金融危机席卷全球，是否因此，那家外国公司缩减机构，停止进人呢？

而已经太晚了。来不及在毕业之前，寻到另一家公司。

可道憎恨命运对他的捉弄，他想扼住命运的咽喉，可是命运，并不是他指间，可以握住的事物。

确定情况后到家，是一个昏沉的六月下午，雷声隐隐，窗外天空，墨黑地抖动，如鼓面。苏铁不在家。可道在静无一人的房里，不知为什么，觉得十分疲倦，便和衣躺下，抽一枝苏铁的烟，被世界抛弃的寂寞……

"轰"！一个巨大的霹雳，将他惊醒。发现床单着了火，火苗焰焰跳动，是一群舞动的红精灵，引诱他。

——毁灭可以这般容易，并且永无再生的机会。

他出了一身冷汗，拎起枕头拼命拍，冲出去，提了满满一桶水泼上去。

"哐啦"，袅起白烟，黑烬黑蝴蝶一般飞起，终于静静落了一床。

而窗外暴雨大作，闪电如刀锋，一次次雪亮地划破长空，雨点打在阳台上，一片频密鼓点。喧嚣、没有光、大雨是天地间唯一主宰。

便在这样一个暴雨的黑暗日子，可道叫了一辆的士，到宿舍找小麦。

小麦穿了一身绿底碎花的小圆裙，春日原野似地奔下来见他："常可道，你淋湿了，你忘了带伞吗？我上楼拿毛巾给你擦。"

"小麦，我不去深圳了。"

雷霆万顷，落在他生命里。这般破败不堪，无从收拾起的生命。

"为什么？"小麦的眼泪一滴滴，透明掉落，"工作泡汤了有什么要紧，到了深圳再找不行吗？不要户口不要关系。"

如果有所救援，有物资船待命，疲倦时举手示意，便可以随时上岸，横渡大西洋不见得是难事。而可道只是孤身一人，在浩瀚大洋里，除了随波逐流，他并没有其他选择。

他也曾梦想,在世界的野草丛中披荆斩棘,每次却只是陷入更深、更茂密、尖刺更锐利的荆棘丛。

"小麦,不要哭好吗?"

她的泪,烛油一般打在他心上,灼出一个又一个洞,滚烫疼痛。

她多么像他妹妹,如果他有。拖着他的手,嗲嗲叫着:"哥哥,你给我买冰淇淋,买巧克力。"在外边受了委屈,会呜呜哭着回来,"他们欺负我。哥哥你帮我报仇。"

如果他有。小麦必是他生命中最珍贵的一环,如同甘露之于沙漠。

"那我也留下来。"小麦哽咽。

"小麦,"可道决绝,"不要。即使你留下,我也不领情,不承诺任何。小麦,为你自己活,不要为我。如果真的想安慰我,笑一笑。"

小麦抽泣着,勉强一笑,更多的眼泪像正在枯萎的白山茶,簌簌急落。她轻轻问:"常可道,你到底喜不喜欢我?"

可道点点头,温柔地说:"遇到你,是我大学里最好的事。"

这一生,再没有人像她这样单纯地爱过他。

那晚炽天打电话来,只说:新写了一首歌,想唱给他听。

不要在离别时候才对我说喜欢/不要在走了以后还对我说想念/天下的爱情是一般/离了我还有别的人。

是谁在千帆之后还记得当年事/是谁在天涯以外还细数心头伤/时光啊它最爱把人抛/我已经白了少年头。

如果你记得我啊就听听这首歌/如果你忘了我啊就不要再想起/亲爱的人啊不必再回头/今天我们长别离。

"炽天。"可道唤，如此无助。

是他的悲伤浮在大气里，遥遥传出几千几万里，让炽天在呼吸间知觉到了吧？

每一次看到、听到炽天，都象对镜自照，看到镜中的自己，挣扎、希冀、带泪起舞、强作欢颜。镜中的他与真实的他碰杯，共饮这人生苦酒，同时醉去。

他又何尝不是炽天的镜。

可道轻轻鼓掌，非常真挚："你最好的歌，可以收在你的《重生》里。"

一言即出，驷马难追。话音未落，可道即悔之不及。

炽天半晌不做声："可道，你难道真的不知道，李加的新欢是谁？"电话断了。

此事之前前后后，他如常不曾提起，苏铁也只问过一句："你在床上抽烟？没有烧到自己吧？"在冗长乏味的电视剧间隙，

可道含糊应了一声。

她平淡地说："我有个朋友在一家国际贸易合作公司，他们在招人，你有没有兴趣?"可道忽然警觉，眼睛没有离开电视，却分明觉得到苏铁的异样。他霎时间明白一切，却同样平淡的口气："噢。"

结识宁素馨，是两年后的事。

阳台上爬山虎已伏了整面墙，初春，藤卷叶新，绿盈盈的情意无限。

宁素馨，像她的名字，一朵玲珑小巧的花，细细芳香。可是她的眼睛，让人不能忘。煤晶一般黑亮沉着，别有一份倔强味道，笑起来，又像唤回百万年前绿树的回忆，繁花在风中瞬息万变。

如果有天长地久，素馨黑亮的眼睛，就是天长地久。

那时，可道正以令所有人震骇不已的速度，成为商业人才。

他的美色，一向吸引男人也吸引女人；他的沉默，又使人觉得诚实；他名牌大学的出身在人际交往中颇受重视；他那股隐隐的骄傲味道，又毫无歧义地证明他的自信和有料。

更重要的是：可道一早就知道什么叫做生意。

无非是拿自己所有的，换自己所无的；拿对方想要的，换自己想要的。若他是马，就饲之以草；若他是鱼，就哺之以水。

生意成败，往往只取决于发现对手，在何时、何地、何种情况，会心跳如小跑，眼神着了火，仿佛是第一次爱。

投身事业，对一个男人来说，较有尊严与成就感，可道渐渐放弃对声色的征逐，日子很简静，就在那时，看到了那双眼睛。

早春的一天，办公大楼停电，他中途出门办事，便走楼梯下来。远远但听见下面几层，沉重脚步，却是高跟鞋，登登登的。转个弯，一个穿套装的女子，正抱着一个纸箱迎面而来。上一步，歇两步，喘着，胸脯微微起伏。

苏铁是短发，可道不免留意长发女子。尤其她的长发分外柔细，在阴阴穿堂风里，微扬，倒像是在湖畔的杨柳风里。

依稀记得是同事，可道便立一立，等她开口求助。但女子休息一会儿，又抱起零件，一步一步，自可道身边走过，长发拂过他的脸，竟像初秋的金色落叶，含了阳光，轻脆温暖。

可道愣一愣，走过去，双手接过她手中的纸箱，问："几楼？"

她往回拖，答："谢谢，不用。"

标签上是电子零件，可道便问："机电部，十四楼？"径直上去。

机电部里幽黑，却正有声有色热闹着，泡面的泡面，煲电话粥的煲粥。部长正在打牌，看见可道，吃一惊："小常，怎么是你拿上来?"

"帮忙。"可道有点喘。

"你看你看，她自己又得找人，还非要搬。叫她等电梯开，不肯，说急着要填报表，还有事。也不知道她急些什么。"部长有点不以为然。

突然，啪、啪、啪，电灯像和着拍子跳舞一般，一盏盏通亮。

办公室又浸在光的清水里。

女子正好喘嘘嘘进来，部长谴责看她："你看，来电了不是。还叫常先生帮你搬。"她只低头不做声。

可道等电梯时，听见她追出来："谢谢你。"长发飞扬如蝶翅。

"不客气。"

"可是其实你根本没有必要帮我，我自己能的。"纤细而韧的声音，如素白丝线。

可道觉得滑稽。恰好电梯来了，他进去，转身，淡淡看她："是吗?"女子眼中忽然有光一闪，仿佛是泪。

电梯门不容分说关上，像电脑的锁定，倒让可道更清晰记住那一刻，她的倔强和委屈。一整天空气中都络上她发的柔细，轻舞飞扬，有如薛涛笺上暗暗底纹。

可道遇过太多在他美貌前色授魂予、心旌神荡的女人，素馨的视若未睹，却是生平仅见，不由多放一点注意力。

原来她叫宁素馨，新来的同事。

再见她，是三天之后。

那天，是可道帮苏铁去设计公司取海报设计。约好傍晚六点整，他准时抵达，图样却还没出来，老板一路致歉，说：这个新来的设计师，水平不错，却喜欢在家里设计，可能会到得晚一点。

可道忽然听见依依的微喘，高跟鞋登登登，仿佛跳一曲快拍子的踢踏舞，匆匆而入："对不起，我来晚了。"

——看到可道，当即变色。

可道却泰然自若，起身致意。

老板介绍道："她是设计师宁素馨，宁小姐。"老板接过图稿，给他过目。

是影着斜斜银点的白底色，仿佛正下着一场太阳雨。红衣女子周身衣服都已半湿，又被风曳起，糯软贴着身，可以感觉到衣料的柔软和力度。她仿佛不胜风力，稍稍护着自己，是灵魂隐密地怜惜。

可道很满意，收起图样。起身，正色道："宁小姐，也要回去了吧？我送你一程。"

"你……不会告诉他们吧？"一路的坐立不安，骚动不已，素馨终于怯怯问，身上有淡淡香气，那是否就是素馨花的香气呢？

"当然不会。"可道目不斜视地开车。

素馨松了一口气，"我知道公司不允许，但是我只是利用业余时间……"支支吾吾。

可道"嗯"一声。

素馨把腿伸直,自说自话:"我想你肯定要说,为什么不专职画画。但我母亲去世了,我父亲,现在厂子效益也不好,家里还有爷爷和妹妹……"声音像断了的麻线,一小绺一小绺,越来越苍白。

生活的残酷与无奈,人人相同。可道宽慰她道:"我明白。"停停又加一句,"我不会说的。"

——那天她的急,显然也是为了这个吧?

不觉有点怜惜:"很辛苦吧。"

素馨摇摇头:"还好。"

两人都无话,沉默困守。

夜色如沉香,路灯于车窗外倏忽游走,在素馨脸上渲染星光,一抹明又一抹暗,是成长日子的许多悲欣交集。

等她下了车,可道才说:"你最好换一家公司,你知不知道,高新技术部的老张,他太太就在这里上班。"

素馨抬起来,眼睛深黑而闪亮,如煤,真挚感激:"谢谢你。"笑起来,眼眉一扬,不能掩抑的馨香芳华。

在暗里,她像一朵素馨花儿开,芳香了整个季节。

本来在印务公司就等了些时,又兼送她绕了一圈,把图样送到"闺秀"时就晚了,苏铁笑道:"又在哪里给妹妹绊到了?"

这种行径他不干久矣,苏铁也早知。不过是句玩话,

耳朵眼里亲呢的一搔。此刻听来，可道只觉像失了手，不小心捅破耳膜，一时辣痛入心。

无话可对。

以后其实也难得遇到。毕竟二十八层的大厦，四家公司，上千员工，即使见到，也不过是在顶楼餐厅，互相点个头而已。

那天可道恰好坐素馨背后。

机电部的人想是在聚餐，坐满一桌，挨个起身敬酒，发表演说——中国的饭，向来是吃的时间没有喝的时间多，喝的时间没有说的时间多。素馨心不在焉，只拿着块南瓜饼似吃非吃，咬两个圆圆牙印。

正准备吃第三口，忽然凝住，左右端详，小心翼翼咬一小口，拿出来看看，转个方向，再轻轻咬一口……慢慢成形。

可道一直全神注视。一条腿，另一条，腰，一条手臂，另一条……一个胖胖小金人，活生生跳出来，民间的质朴情意。

素馨露出淘气表情，大张嘴，无声地"啊呜"，把小金人干掉了。可道忽觉舍不得。

宁素馨，竟是个有灵魂的女子。

在夜里，静静想起，只觉睡里梦里，都是素馨的笑容，仿佛夏夜里的素馨花，芳香逼 人，而夜色深黑，可道找不到花的方位。

以后遇到，会停住脚聊一聊。

午休时节，同事一起在楼下咖啡室喝咖啡时，也会叫上她。

装修只二色，白与绿，原木色桌椅，素净得近乎强词夺理。阳光被百叶窗所筛，细细投下来，楚楚摇曳。像素馨如许细发。

黑森林一般浓秀神秘。

素馨时常捧着一杯茶，不耐起来。可道觉得了，挑一挑眉相询，素馨忽然面红耳赤。

一天中午可道去咖啡室，原来素馨正和开发部一位王姓男同事在最里面，正喁喁私语。不知那男人说了些什么，素馨掩口而笑。

意外地，素馨的笑声清脆袅娜，火焰般流动，非常风韵。

可道下意识以报纸挡着脸。

而那王姓同事，也不过二十八九，未婚，却已头半秃，肚子老大，领带是金黄底艳紫鸢尾花，此刻也咧开嘴哈哈傻笑，突然打出一个嗝来。

素馨还与他边喝边谈，言笑晏晏，细致冷香的脸竟是神采飞扬。

可道不由得对素馨起了睥睨的心，不一会儿就走了。

大厅里同事很多，电梯一开，大家一拥而进，挤得密

不透风，可道忽然看见素馨与那同事进来，便伸手按住电梯。

素馨却站住，摇摇手说："算了，我们进去，可能就要超重了。"眼光的焦距是全电梯，而非可道。

眼前，是控制盘上的数字，有条不紊地变幻。可道十分不是滋味，仿佛他的胃是圆的，刚刚吃下去的午餐便是方的，颠来荡去，撞得他一胃酸水直冒。

到了二楼，他也出来，宁肯走上九楼去。

却听见有女子幽微声音，断断续续，仿佛是哭，也仿佛在哼一首怨歌。

是素馨。

她坐在后楼梯上，双手掩面，啜泣呜咽。可道靠近她，默默递一张纸巾给她，再递一张。

良久，她方抽噎："他，我就是托他帮我爸爸找个工作，他要我请客……哼，我就是不该请他喝咖啡的，他还以为……"吸吸鼻子。

被泪洗过的眼睛，分外黑白分明。如棋局，一棋子，一棋步，都是跟人生对弈。

如果心有所动，那一定是为了这双眼睛。

此刻，可道心中有独角兽，咆哮怒吼，细细噬咬，如在混沌中被宿命唤醒。可道只咬着牙，想把那异兽闷死般用力。

回到办公室，可道以浓茶喂自己心中的兽，茶里又洒了玫瑰花蕾。

一饮一啜之间，齿间有苦与玫瑰的宁静清香，一头乱发似的心，梳出纹路脉络。

相处久了的缘故吧，他与苏铁，有着奇异的亲密，像刚晒过的被，又松又软，暖暖覆在他身上。而他的眷恋，是赖床。

这种亲密及眷恋，是他一切行为的底线，不可突破。

尤其上了班的人，不比读书时候，打翻在地再踩上一只脚还可以从头再来。输不起。一意胡为，必然招致现有生活的颠覆，还会引发不可挽救的重灾。

如此，为了素馨，是不值得的。

可以完结了，他与素馨。不曾开始的结束，会格外完美，如璞玉的浑成。

几天他都没有去咖啡室，午休时分，电话突然响起。"可道。"炽天的声音几乎奄奄一息。

"你怎么了？"可道大骇。

"你能不能，来看我？我病了。"炽天呜咽，如一只受伤的、被主人遗弃的信鸽。

第二天，凌晨七点，可道到了北京。

北京三月，满城风沙，太阳慢慢升起，竟是冰寒的，毫无热度的灰白。

护士毫不客气推他出门："出去，出去，没看探视时间

没到哪。"可道又在门外多站了一个小时，才见到炽天。

如此艰难，像探监。

炽天蓝白条纹的病号服，也像囚服。

隔远只以为是青白灯光，近前才发现炽天整张脸都是青的，只有嘴角一点殷红肿胀，仿佛在溅血，是全脸唯一的颜色，其余，灰的眼，乌的唇，惨白的脸颊。

手臂上扎着吊针。

炽天瘦太多了，发蓬如故，陷在雪白枕头里，整个人看上去便像一棵玉米，细伶伶个子顶着个硕大玉米穗。

一株无辜的玉米，被人拗断枝干，躺在病床上。

看到他，可道只觉是在要害处，被狠狠踩了一脚似的，痛得说不出话来。

"到底怎么了？怎么病成这个样子？"

"可道……"炽天声音全哑，粗砂纸似地刷过可道的心，"我……他……"

突然掉过脸去，埋在枕头里。

迅捷，泪迹沿着他的脸，洇出来，清清楚楚的一道海岸线。

良久，没有回头，炽天缓缓解开病号服的钮扣，拉开。可道整个人窒住了。

一条条斜斜鞭痕，掠过他的裸身，像印第安人的纹身花纹。血红青紫，肿得老高。

炽天声音含糊："他用衣架打的。"手腕上一圈紫淤，像戴了一双厚重的青铜手镯。

可道小心地，一点点探过炽天的胸，抚触着他的伤痕像抚触自己，肉身上有敏感的痛。

"炽天炽天炽天。"他心疼地唤，从来没这么疼过，仿佛受伤的是自己。

炽天还一笑，像撕裂伤口般猝不及防，扭曲了他受伤的嘴唇，道："要是我妈妈，看到我这样挨打，她不知道，会有多伤心。"

他的睫毛，垂死枯叶般覆着。

"他为什么要这样？他有毛病，他……变态。"可道恨自己找不出更重的词。

炽天无力地点点头："他……是有毛病，他喜欢搞这些花样。"声如游丝。

可道听见轰然巨响，炽天身上的鞭痕，如地震后的大地裂谷，无限延伸，一个假想的美丽王国被切割成无数片，终至四分五裂，全线崩溃。

可道重力拥住他，"我们走，我们不要跟这种人渣在一起了。他妈的，不唱歌又怎么样，没有新专辑又怎么样?!"

他记得炽天的身体。

同住日子里，每每地，洗过澡，炽天便赤条条在屋子里走动。满身热气，散着醚香，他的肉身如此饱满原始，却又怡然自得，仿佛恐龙在百万年的地球上游走，金缕衣亦不能将他封锁。

炽天是多么热爱生活的人，时常早上五点半跑到街上买早点，新炸糯米鸡，赤金闪光，滚油犹自在表面"滋滋"。迫不及待地吃下去，烫得呲牙咧嘴，然而眉开眼笑。

炽天低语："是我活该，我早知道。可是，我想唱歌……"泪已干了，在这样一个容不得、不相信眼泪的痛苦国度。

由此看见炽天饱受凌虐的身体，就好像看见他五年来的全部日子，只为了心中的一点梦想，炽天放下所有身段，甘心匍伏在一个男人脚下，任由他侮辱践踏，而形销骨丧。

可道一声声："我们走。炽天，我们走，你跟我走。"声音非常软弱。

多年来，他们像一对异卵双胞胎，相貌性格不同，出自同一个黑暗的子宫，各走各路，却在世界的两个角落互相守护凝望。

不是感同身受，而是确确实实，所有的命运，所有的糜烂及伤势，都是他们两人的。

身后有人咳嗽一声，可道转头一看，霍然跳起："你还敢来！"戟指向他。

李加很尴尬："对不起，我不是有意的。我是失手。"

暴力竟然是生命中的正常，不含恶意？一句失手可以涵盖所有罪愆？

"你给我滚出去。"可道喝道。

"麒麟，你听我说。我是喜欢 Angel 的，这次是我不对，我已经向他说过对不起了。"李加辩白。

"你不用说对不起，炽天不会原谅你。"可道冷冷道。

"我以后会对他好，我不会再动手，我们还要一起做下一张专辑。"李加说。

可道揭穿他，"你就是在拿这个当做诱饵，使得炽天不肯离开你。你要肯出，早两年就出来了。"分明是陷阱，鄱阳湖沉船谜案一样的陷阱，以根本不存在的黄金希望，诱惑。

李加也有些着恼："《涅槃》我投资五十多万，只收回二十多万，你还要我怎么样？之所以第二张碟子拖这么久，是在培养他的市场和影响力。"

"三十万，三十万就给你这么大的权力欺负他？"可道浊气上涌。

李加索性打回原形，提高声音："又不是我强迫他，他也是心甘情愿的……"

可道一拳打在他脸上，声音闷而软，像击在沙滩上的雷。鼻骨原来柔软，而李加的血，居然也是热的。

李加捂住脸，护士冲进来："出去出去，谁叫你们在这儿打架的，都走都走。"

炽天微弱地拉着可道："可道你别走。"

可道便回身拥住他："我们回家。"

打了电话给苏铁，只简单地说："炽天可能要暂住一下。"只字不提错因蓥果。苏铁立刻道："没问题，住多久

都可以。"

六点五十八的火车。北京西站万头攒动,不同口音,不同样貌的人,在此荟萃。人说,北京有上百万的暂住人口。皆是候鸟,在这孤单大城里落足,不是为名,便是为利。

念及这里,可道越发紧紧扶住炽天。

至少炽天还有他这个朋友。

炽天只沉默消瘦地裹着大衣,在此三月天时,他冷得发抖。仿佛盲了,眼睛里毫无焦距,茫茫睁着。仿佛已到了人生末路,面对终结,恍觉努力的虚空。

时间将近,可道低头看一看表。突然,广播里传出:"寻人启事。寻找 Angel。"

端严女声:"Angel,北京的李加请你不要走。他要对你说:留下来。虽然我知道,你所要的,不是我的爱。而我的爱,因为我的自私与贪婪,也时时造成对你的伤害。可是,我爱你,比昨天多,比明天少。如果你不允许我爱你,将使我的生命从此枯萎。请给我机会,让我帮你实现你的梦想。涅槃之后,何时重生?"

转为一本正经声音:"开往……的……火车,开始检票……"

炽天环抱的手,突然双双扣紧,五指深深扣进肉里。

可道亦震骇不已,他大声说:"假话。"

炽天看他,脸容凝滞迟钝,眼中却又有了少年的切慕渴求："我知道。"

不，这不是爱。爱是柔情，是蜜情，不分男女，一般温柔。如此暴虐的，是占有，是对一条狗拳打脚踢，吊死它吃香肉，而绝不容它离家出走。

"可道。"炽天唤，嘴唇微微翕动，"我……"

——涅槃之后，何时重生。

他最大的心结。

他站起，落寞地看着地："我已经付出太多了，现在，钱没钱，名没名，太划不来。接着跟他，也许……"

此刻放弃，则一无所有。

如故事里的佛祖，为救小鸽，割尽股肉臂肉，仍无法与小鸽等重。小鸽得不到，已割的血肉也长不回去，无可奈何，只得一赌。

由是，全身跳入命运的秤盘，以博一赢。

看炽天紧一紧大衣，鬼魂似慢慢走远。可道只觉肝肠寸断，痛得一点点蹲下去，久久不能站起。

苏铁只淡淡道："都是命。"摸出烟来抽一枝。

中年人的冷，可道几乎生了反感。

因此看到素馨，更有一种温热的感觉。

销差后第一天，他到十一楼办事，沿楼梯下去。远远地，忽见九楼半，有个影子伏在楼梯扶手上，往下窥看。长发纤柔如水月。

如此聚精会神，可道轻轻走到她身边。

顺势看去，原来居高临下，正对着他的办公桌。几天未拭的薄灰，一个哑口无言的空咖啡杯，百叶窗未拉，阳光大片大片在桌上睡午觉。

可道轻轻地道："到我办公室，喝一杯咖啡吧。"

素馨一抬头，几乎撞上他。那么近。一瞬间，竟仿佛人世吵嚷，她在命运的大潮里泅渡前来，一路分波逐浪，终于到达他面前，是在千人万人里选中了这一个。因之，天地震动，五心不定。

素馨满脸通红，结结巴巴："对不起，……我还有事。"一溜烟逃掉。

有其骄傲无畏，也有其谦卑羞怯，可道突然发现，素馨身上那一分，对运命也不嗔，对自己也不苟的风格，其实跟自己有一点点像。

心头的麟，要觅它的凤。

公司拟与内蒙古神木一家电力公司合作，准备派两个人前去考察。机电部派了素馨，开发部那位王姓同事——今儿，他的领带换成大理石的宝蓝颜色，缀缀银星，艳光四射，灿烂无比——已经审上去："我去。"

老总们都笑起来："怎么，要跟小宁一起去？好啊。我们也是得关心一下工作人员的个人问题。"

素馨低头不语，睫毛频频扇动，是一只受惊的蝴蝶。

王姓同事咧嘴笑，志在必得的样子。

可道说："我们策划部，也应该有人去吧。"

最后成行的，一共四个人，他和素馨，一罗一王两位同事。他的部长看向他，善意温和地微笑：金童玉女。

素馨亦抬头看他，也许因为夕阳烈烈，可道觉得素馨的眼睛，如煤火熊熊，青红美丽，火光明灭之间，把他烧透。可道一低头，又看见他心里的兽，正喷出橙黄深红的烈焰，一吐一吐，燃着他的心。

可道暗自叫苦，无论内外，皆为玩火，却又收手不及。

苏铁正在广州订货，拜访设计师，要去半个月。可道给她发短消息：我出差了。手机蹀蹀躞躞，想忘在家里，又太过着迹。

快到飞机场的路上，苏铁的电话过来了："衣服带够了没有？注意安全。"

可道心动一动："你不问我，一起去的是男是女？"苏铁身边亦有女子，是相熟的店中经理："苏小姐，他说走就走，先斩后奏，你都不管？"开着玩笑。

男女方面，他劣迹太多，甚至无法自证清白。

苏铁笑，回答他也回答她，"管得了你的人，还管得了你的心？"说笑口气，实则非常笃定。

听得可道一震，竟不知是该感激她的信任宽容，还是恨，恨她一如往日的若无其事，轻描淡写。

那是不是因为，他的存在与否，苏铁完全不放在心上？

他终究与她的生命无大关连。

可道只说："到飞机场，我关机了。"

心头的兽，悲鸣饥渴，想要据案大嚼，一场欢愉饕餮的盛宴。

一路上，飞机、火车、长途汽车，万里转徙着。

王姓同事泡妞积极性甚高，主动性甚强，原则性很过硬，但——技术性太差了。

只是一路紧密贴人，圆皮球似跟在素馨身后小跑，喋喋不休，尽是"宁小姐，喜欢吃什么？""宁小姐，业余时间喜欢做什么"的不酸不咸问题。

在飞机上坚决把素馨安置在窗边，自己坐她旁边，扭身向她，有一种封死她的跋扈野心。罗姓同事打外围，可道当然在过道对面。

机场餐厅里眼珠不离素馨，她一起身，就跳起来："你要什么，我帮你叫小姐。"素馨不大有好气："我去卫生间。"他殷勤道："那我帮你拿包。"去接素馨手袋，又抬头窥伺可道反应。

——已经像《红楼梦》里的薛蟠，又怕人挤了薛姨妈，又怕人看了宝钗，又怕人骚扰了香菱，忙得不可开交。

素馨把手袋往背后一收，满面愠色而去。

可道不焦不躁，坐得远远，看一本汪丁丁的经济学随笔。

一切行为，都是经济行为。

却谁能说，爱是赢利还是投资，不爱是亏损还是受益，相爱双方，究竟谁是债权人谁是债务人？

火车上四个铺位，上中下铺都有，王姓同事正滴溜溜转眼分配床铺，素馨已不言不语爬上最上铺，拉毯睡下。

深夜，可道起身，捧一杯热水，站在火车的铿锵节奏里，像站在暴烈摇晃的生命里，令人久久徘徊。如此，杯中水便凉了。

无声地，掉下一团柔软，他顺手接住，原来是素馨的毯子。

踩在小几上去，素馨面向墙壁，合衣而睡，微蜷如虾的睡姿，身体在幽光里线条起落，是一座明秀山川。

他把毯子搭住她身上摊平，罩住她的脚。

突然，可道想起了母亲。他生平第一次搭火车，便是一个墨黑的夜，离开故乡，去母亲的家。那时他们只买得到座位票。

半夜他醒来，也是这样，小小地蜷睡在长椅上，而母亲，默默地站在过道上。

那一夜，母亲站了多久呢？

火车忽然轰隆一声，"啃啃"地慢慢停住。站台上冷白灯火投进来，忽见素馨眼皮微微跳动，可道不禁一怔。

在凌晨四点，经过一个寂寞的车站，白晃晃，明灿灿，灯火通明，却没有人声人迹。远处，黑魅魅的，仿佛是树。

可道突然觉得，他的生命，就像这样一个小站，南来

北往，无数的车，会在他这里停上一分钟，却从来没有人，把他作为一生唯一的起点与终点。

看着这个装睡的女子，在夜里十分柔和的侧脸，可道首次生了，长久的心。

万里转徙，终至苍凉的黄土高坡，风沙滚滚，旷茫地刮着。公事已毕，对方盛情款待他们去邻近的风景区：落阳湖。

便去了。穿过黄土，到处都是深坑和裂隙，是天崩地裂后的遗迹，面包车躲着坑及缝，找最像路的地方走，一路颠簸，卷起漫天沙尘。时不时，便在毫无标志的高原上迷失方向。窗外，四月便已隐辣的阳光，劈头盖脸夯下来。

而那湖，居然隐身于黄土地的中央，如深闺女子般寂寞华美。

黄昏时分，他们抵达。

夕阳西下，风起云动，满天云霞倒映在湖水里，仿佛半个湖都在燃烧变幻，而另外半个湖，却仍是海的安静蔚蓝——落阳湖，出乎意料地大，一眼望不到尽头。

砂是清金色，风咸而湿润，而黄土，环绕着它，落寞地扬起。落阳湖，如大海般美丽广阔。

素馨轻轻赞叹："多么美好，像卢梭画中的梦。"

大自然，当面向他们展示神迹。

可道深深震动，这世上，岂有什么不可能的事，生命从此开阔无边。

听王姓同事噜里噜嗦个没完，他径直长衣一脱，对素馨："帮我看一下。"着内衣便下了水，向远处游去。

水极冷，如冰屑，割着他的皮肤，更引出他身体的暖，血在脉管里，突突流着。这般强盛猛烈，像一万头兽，在他血管里奔跑。

他想做些什么，他心中有所渴慕，在这样一个人迹罕至，几乎与世隔绝的仙境。

湖水，咸涩而滑。

突然有快艇飞驰而来，拖着无穷白练，那人俯身喊可道："快上来，要下大雨了。快。"几乎是强行拉他上艇。

原来灰紫的天空突然翻作青黑，闪着邪恶红光，如妖魔出场前的舞台。突地一个霹雳，击在湖面上，是摩西分红海的景象。

快艇飞速靠岸。

暴雨如拳，砸在沙滩上，一个个碗口大的坑。黄土吸饱水，迅速四散，可道感到脚下地面的流失。整片大地都在陆沉，而背后的湖，一寸一寸攀升。

仙境地狱，原只一线之隔。

素馨自凉亭奔出，又拼命揪了可道跑回，可道全身的皮肤已经给雨打得通红，火辣辣，天上下的好像是冰雹，是刀子。

素馨亦湿透，怀里可道的衣服，贴着她的那一边却是

干的。

远处，一处悬空的山崖，看去山石峥嵘，此刻却突然像大便失禁一般，哗地垮下来。

素馨尖叫一声，紧紧抓住可道。可道轻拍她的手。

电线被冲断，风景区全线停电，一片死寂的黑。狂风暴雨，咆哮如豹，摇着撕着宾馆的墙和门。电话线断，手机全无信号。完全与世隔绝，成为废岛。可道觉得这一角土地，好像已从地球表面上揭下来，"嘣"一声给丢进落阳湖里。

突然一片喧哗，有好些醉汉的癫狂笑声，停在素馨房的门前，巨力敲门："开门呀，我们回来了。"轰轰响。

"谁?"听得素馨惊恐的声音。

"是我们。"门敲得地动山摇，"快开门。"无数西北口音的粗嗓子。

"你们是谁?"素馨快哭出来。

诸神已睡，妖魔当道，世界末日已然来临。

可道迅捷翻身而起，罗姓同事阻止他："小常，不知道那是些什么人。"王姓同事也附和："就是呀。"两个人的声音都在抖。

可道径自开门出去："你们找谁?"

黑漆漆走廊，只看见一堆黑影，连是人是鬼都看不清。有人出来破口大骂："妈的，我们回房也要你管。你是谁呀?"

"你们几号房?"

"313,314,怎么了。你想干嘛?"醉人的气势汹汹,格外强横。

"对不起,你们走错了。这是311。转过去那个门是314。"可道静静道。

"走错了,走错了。"他们哈哈大笑,勾肩搭背过去,人声渐渐寂下来。

可道敲素馨的门:"素馨,你没事吧?"一无应声,他再敲:"素馨。"

门一开,一个柔软影子扑到他怀里,痛哭失声:"吓死我了……"素馨的恐惧、委屈、全身的震颤,都在可道怀里了。可道只低声道:"没事。没事。"素馨哭道:"我不要在这里住了。"透身冰凉。她的长发纷扬,如黑丝巾,柔软绾住了可道的颈。

无数漆黑房间,到底有没有住人,住的什么人都无法知道了。暗影幢幢,天生是恶人及恶鬼现身之地。

王姓同事这时才巴巴跑过来:"要不然到我们房里来……"

可道根本不看他:"老罗,你帮忙看一下行李。素馨,我们到湖边走一走。"

雨倒停了。天空深紫柔软,镶满味蕾似一颗颗的星,狂风大作,星空摇曳,而湖上,惊涛拍岸。仍有泥土,飒飒地自他们脚下流走。素馨冷得直抖,可道脱下外套披

给她。

走在湿地上，好像用脚趾在翻一本浸透水的书，都是汩汩的撕纸声。素馨突然说："这里，多像神农溪。"

可道诧异地看他一眼："像吗？"黄土原的大湖，和长江流域的小溪。

"真的很像。"素馨抬头看他一眼，明亮笑，流动的鸽灰。脸上仍有泪迹。"我十六岁那年去过。"

"跟父母去的？"

素馨忽然立住，转身向湖。低下头去，夜色里，后颈线条如小提琴。"不是，我自己。我，从家里偷了500块钱，跑到街上，拦长途车，问每一个司机，到不到神农溪。七转八转，就去了。"

良久，素馨再无续言，仿佛摔入遗忘之地。大风起兮，她的发乱飞，像一群缚在一起的鸟，急急拍翅，想要飞走而不能。

可道隐隐觉得，他们之间有一道天堑，她要引领他过去，进入她的世界。

"为什么想去？"

"因为，那一年下暴雨，连续有两批台湾人在那里漂流出了事。"

"里面有你认识的人？"

素馨缓缓摇头。"没有。是，那一年，我妈妈，诊断出，有尿毒症。"

可道禁不住轻轻"啊"了一声。

素馨的声音异常平静，像七情六欲都已冰冻。

"医生说，不是绝症，只是钱和时间的问题。要等得起，等到有合适的肾，还要付得起手术费用。我，我在报纸上看到，每个出事的人都赔了二十万的保险。我……没有死。"

"可道，你有没有过，特别想死的时候呢?"

可道慢慢答："有。但是生和死，都由不得我们自己。"

素馨苦笑："我们没有钱，妈妈就从此没有时间。"

渐渐说不下去，素馨掩住了脸："为什么，会这样?"她滑坐在湿透的沙地上，伏下身去，死命隐忍啜泣声，"她是我妈妈呀，为什么?"

——人皆有父母，何以独我无?

可道迟疑地，一点点伸出手，拥住她。她的身体，是他从不曾去过的城，却如此熟悉，仿佛便是他自己。他内心的怜惜与痛楚，格外纯净，如此接近死亡的本质。

他俯身吻了她。

他吻了她，狂风肆虐，湖上巨浪滔天如海。他吻了她，他们是在世界之外。他吻了她，这一刻，只有他们两个人。

而一定不会有人相信，这竟然，是他的初吻。

他回家的时间从此愈来愈晚。

时常是开车送素馨去兼职的地方。素馨去了一家期货

公司做文秘，以美国时间上班，越是夜深人寂寂，越是灯火鼎沸，大家都热火朝天，大干快上。

苏铁不在家的时候，他有时还会去接她，在夜深两点的街，嗅到露的清凉气味，可道有时会希望那条街永无止境。

或者和同事们一起打保龄球、看电影、逛街，其他人成群结队，他们像同一根茎上两片对生的绿叶，相辉映，相牵相对。

更多时候不过是在街心广场坐一坐，素馨捧一杯冰淇淋，全神贯注看人家放风筝：云在飞，燕子在飞，龙在飞，蜈蚣在飞，数不尽的风筝，在这一个仲春傍晚。

可道一低头，便看见素馨的发。

那样细，仿佛春雨的无声，拈在手中几无分量。却婉转而长，柔顺伏在她背上，便好像披了一件黑披肩。在风里扬起来，却又飞了一天黑蜻蜓，瘦伶伶。

素馨的发，可以剪下来，一根根黑丝线织布裁衣，做一件贴身小衣。传说战国时代，武士的护胸甲，便是用心爱女子的头发织成的。

月亮渐渐升起来，淡蓝的一弯，也是一小片纸风筝。

素馨偶一抬头，疑惑道："可道，你不说话的时候，不仅是嘴巴不说话，全身都好像闭上了。"

她也不能，让他离开沉默之国。

苏铁一次在饭桌上，淡淡问他："今天下班干什么去了？"一碗饭，扒来扒去，越吃越多。

可道坦坦荡荡答："到平价广场逛了一下，买点东西。我帮你买了一瓶凡士林护手霜，在卫生间。"

苏铁干脆直截了当问他："那女孩是谁？"咄咄逼人的口气。

可道的神色干净得不掺假："同事啊，她要给父亲买东西，叫我参考一下——我正常的人际交往你总得让我有吧。"

"你跟她的正常人际交往，也未免太多了吧？"苏铁有点按捺不住。

可道冷冷："我做了什么出格的事吗？"

两人隔着汤锅碗盘对望，心里都是一本说不出的账。可道不在乎地，又给自己盛碗汤。

苏铁突然问："我以前买给你的戒指，还在吗？"声音里藏着刺，锐利张着。

可道心中暗气："你放心，那么贵的东西，我怎么舍得送人，还留着，将来安身立命呢。"

唇齿间有刀剑，刀刀见血。

"怎么从来没见你戴过？"苏铁问。

可道仰起头："那你告诉我，该戴在哪一根手指上？"迹近无赖地看她。

明明是两个人，却只有落寞在屋中游荡。敌意总是突

如其来，玻璃碴一般纷飞。

苏铁忽然低声说："可道，你不要老在外头玩好不好？多在家里陪一陪我行不行？我比你大这么多，我会死在你前面，到时候，也许你会后悔。"

可道没有做声，只一把按开电视，正是娱乐报道时间，只见炽天在屏幕上"嗨，我是炽天使，歌迷朋友们，还记得我吗？"

笑容满面，炽天带着自行设计、自行携带的孤单热闹，频频招手，向他想象中应该有的，铺天盖地的鼓掌声和喝彩。

仍是古铜发，野性鬈曲，炽天眉目飞扬，鹰一般将翱将翔。

"没有啊，没有沉寂下去啊，这两年我一直在趁着年轻，提高自己，充实自己……是呀，就目前看是少唱很多歌，但就长远看，对我会有好处……新专辑？快了……暂时保密好吗？留一点神秘感，好吗？……歌迷朋友们，请耐心等待噢。"

话音未了，已插换入另一个歌手，炽天便像一脚踏空，陡然消失。可道的心也随之一空。不过一分半钟的一段话，都潦草若斯。

而一个接一个的小歌星，轮番出场，对空气"嗨"，像灯底下的幽蓝影子，只有一个模糊轮廓，一式一样招手，一式一样笑容。

是否，也付出一式一样的代价？

炽天良久才接起电话，"喂"，酒意疲倦的声音，像从梦中惊起。但周围分明劝酒行令，高歌欢唱，女子的笑声殷红欲滴。

夜店的气息，扑面而来。

"炽天，你在做什么？"

"玩啊。"简洁明了。

"我在电视上看到你了。炽天，你如果是和李加'要想甜，加点盐'，朋友就太难堪了。"

炽天哈哈大笑，指甲划在玻璃上一般刺耳，是酒在他体内的摇晃吧："要那样我还巴不得呢。可道，我他妈在医院躺了四天，就换了这么一分半钟的镜头！"

可道沉默半晌："新专辑，到底有没有可能？"

炽天突然呜咽，握着话筒，又说不出什么来，只一声声，叫他的名字："可道，可道。"一声比一声急迫，一声比一声迷惘，"我心里难过。"

电话便断掉了。

电视上的气象图显示：这一夜，北京有雨如注。

重生何等艰难，当深陷于欲望的火宅。何以炽天至今仍不懂得。

可道想，不如帮炽天租个房子吧，像多年前他们的深巷小屋，脏一点破一点都无所谓，躺在几天没洗的衣服堆里照样呼呼大睡。

当炽天终究被逼得无路可走，一段人生山穷水尽时，有朋友，和一个属于自己的空间，也许是最重要的事。

这些时，苏铁一直与他冷战，时常冷冷看他，一言不发，素馨又去了新马泰旅游。他时间空出来，便天天出去看房子，几经周折，终于挑到一套：一个大间带一个小小阁楼。

房间简单而宽大，空间明亮。最适合炽天这种左脚袜永远见不到右脚袜的人，可以想怎么乱丢就怎么乱丢。

可道尤其喜欢它的阁楼，小小的私密空间。也许将来与苏铁吵了架，就会过去，炽天尽管呼朋唤友打麻将唱卡拉OK，他可以在阁楼里坐一坐，听听音乐，翻两本闲书。

添置简单家具后，他在屋中拍照，然后将照片和钥匙一起寄给炽天，附一封简单的信："只要你愿意，任何时候，这都是你的家。"

炽天，像是他的另一个可道。

随后便是清明节了。

这日子反而令可道释放，因他可以顺理成章地想念父亲。

终究成灰，父亲的一生，至今寄居在骨灰室里，沉默地，僻居一隅。唯一的关连，竟只在一张付寄存费的汇单上，用心地，可道署上自己名字，像在写一封给父亲的信。

永远记得寄存室的高架，一格一格。无数盒沉重骨灰，如麻将牌一张张垒起。父亲是密密麻麻号码中的一个，沾不到泥土的芳香，也触不到天的蓝。

不是不想让父亲入土为安，自此安睡于青山绿水。但父亲终生少有亲人，郁郁寡欢，他何忍让他在陌生人之间长眠，寂寞难当。

总是想，将来站稳脚跟，有了自己的房子，便可以把父亲的骨灰盒接来，长伴身边。

拥有父亲，可道的世界才可以完整。而父亲的灵魂，现在是在阴间阳界，哪一个角落？

第二天，素馨回来了。大包小包的礼品分赠同事，却在看到可道的时候不由自主羞缩了一下。

她最后一个把礼物给可道。是一块如水般清碧的玉，圆圆的虎头，男人用来饰在皮带上，求一份吉祥如意的。其实普通，她却无端泛红了脸.

——知子之好之，杂佩以报之。

她轻轻问："可道，你喜欢吗？"

可道忽然呼吸急促，大而空的办公室里仿佛有机器轧轧的声音，诸般往事是录像带上人家的故事，从头一放再放。他不自觉退了一步。是可能的吗？让一朵夏夜的素馨花懂得，莽苍苍热带雨林里，一只弱肉强食的麒麟所有血腥的记忆？

可道避重就轻："谢谢你，很漂亮。"

有同事嘻笑着过来："宁小姐，给小常带的什么好礼物

呀?"伸头看一眼，"嗯，真的很漂亮。"脸上几处抓破的地方，微有血渍，自眼角一直划到鼻翼。

素馨脱口而出："呀，你脸怎么了？"

同事做一个秦香莲告状的姿态，哀号："我苦啊，我是家庭暴力的受害者……"用手指点点伤处，愉快地笑起来："我女儿抓的，你不知道，现在脾气可坏了，一点不高兴，哇，下手就抓。"

说起女儿：她长高了，她咯咯笑的样子真可爱，她已经生了六颗牙，亮晶晶如宝石……像《圣经·雅歌》里的男人赞颂爱人：你的眼在帕子内好像鸽子眼，你的头发如同山羊群卧在基列山旁，你的牙齿如新剪毛的一群母羊，洗净上来……

念着女儿经，同事好像已经喝到了十八年后的女儿红，酡然而醉。

终于渐尽尾声，"你们也差不多了吧？"他热络地问，"准备什么时候呢？五一行不行？"

素馨不答，却蕴饱笑意，看一眼可道。是仰视，含着期盼的喜悦，仿佛花瓣上的露。

可道淡然反应："别开玩笑了。"

素馨仍然保持适度微笑，等同事走了才疾步而去，可道追上去："对不起。"

他不是不喜欢素馨，唇上的柔软记忆，如此欢愉而深刻，像一个烙印，可以与时间抗衡。但他从来没想过结婚，婚姻生活离他多么远，像外太空的生命，一种传说中的存在。价值与否，与他何尤。

素馨停住，良久道："可道，你是死海。"低头离开。

他的灵魂冷酷，一无生灵存活，而他的杀伤力，无穷。

对人对己，可道皆有疚负，但其实他什么也没有做。而原来感情的累积，分量非同小可，让他觉得身心负重，疲惫不堪。

回家一推开门，只觉满屋是烟，苏铁从沙发上抬起头冷冷道："今天回来倒早啊？不是听说，你的正常人际关系回来了吗？"可道照例地，不作反应。

洗完手脸出来，苏铁还坐着，怒视他，烟灰缸里全是烟蒂，嘴唇极其干硬。是黄昏令她脆弱吧，神色里渐渐迷茫。

可道不言语，只上前，直觉地抚慰她。苏铁突然反手抱住他，可道知悉她身体内一星一星火焰的燃起，如此蛮横地，有所要求。

仿佛明知可道心的徘徊，故而苏铁双手箍得更紧。如此欢爱之际，可道的手机忽然震响，苏铁喃喃："谁，这么讨厌……这个时候……你为什么不关掉……"

竟真是素馨。

她的短消息透明地凸现着她的生平："可道，今天是我说错了，对不起。祝你做个好梦。梦见我。"

苏铁所有的动作都停住了。可道只见她手一挥，然后

又是一下，他半晌才涌起愤怒：她打他！她竟然打他！翻身下床，苏铁扑过来抱住他的腿："可道，不要走！"

可道气急败坏，一掌推开她："你让开。"匆匆抓衣服。

"你要去哪里？"苏铁拦住他，大声。

"你管我去哪里？"可道吼回去。

苏铁忽然冷笑，眼睛像雪的反光："常可道，我看上去很像白痴吗？你早就租好房子，准备与你的小情人双宿双飞，你以为我不知道？"大吼，"你给我滚出去，跟你的小情人鬼混去。"

可道一言不发，披衣而去。

外头有雾，大团大团棉絮似沉着，远远有车开过，车头灯在雾里，软糖似地半融，澄澄黄色。

像童话里的糖果世界，可道却觉得双颊一阵阵刺痛起来。

是共同生活，还是他陷身于盖世太保的掌心？她是他的伴侣，抑或女狱卒？何以如此，频频刺探，暴力而又无所不至其极？

可道势必，不能再留在她身边。

四月春夜有迷人味道，是花木的馥郁，可道睡在他的小阁楼里，仰头看见天窗外有月，忽然心有所动，砰然一击——或者，这便是他新生活的契机？

抹去旧日影迹，像一次格式化，又可以是一张全新空白的光盘，等待装载记忆和梦想。

而正常生活，是他唯一的梦想。

可道觉得心底，有素馨花静静绽放，秀丽芳香。

清晨一上班，即收到苏铁电话。

"昨天你走了以后，炽天来了电话。我才知道，是我弄错了。可道，你回来吧。"

如此招之即来，挥之即去，连一句对不起都没有，他不过是她人生大戏里一个龙套角色，攸忽上场，攸忽下场。

至此，有什么好眷恋。

"苏铁，我们还是分手吧。"原来还是刺痛的，分手两个字是舌尖上的针。

"可道，你讨厌我生我气了？"苏铁静默了很久。

"不，你对我的好，我一辈子记得。"可道非常真心实意。

又是沉默："那么，你爱上了别人？那个正常人际关系？她对你比我好？"

"不，跟她无关。是我自己，是我。"该如何形容，他心的动摇。

"她爱你吗？她对你比我好？她对你知道多少？如果她知道了还能爱你吗？"一连串，尖锐问着。

"我已经说过了，这不是她的事。我星期天回来拿东西好吗？"可道十分温和，却也十分决绝。

苏铁嗓子嘶了："可道，算我求你回来，行不行？"彷

徨声音。

良久，可道一直没有回答。苏铁便轻轻搁下电话。

一整天，电话不断响起，"请你回来。""请你回。""请你。""请。"苏铁的声音渐渐疯狂，每一度希望都是一个沉落。

可道很想说："不要这样好吗？苏铁，不要折磨自己。"却只是一次又一次沉默。

最后一个电话是快下班时来的："可道，你到麒麟店来一次好吗？我有话要跟你说。"便断了。

而那一瞬间，血花、雷霆和太阳黑子，一起爆发，刹时，黑天黑地，燃起黑火。当可道绕过屏风，抬头，他看到了素馨，坐在苏铁对面。

"可道，"素馨绽放笑容，她今天绑了一条松松的麻花辫，斜斜搭在肩上，起身，"你来了。"

可道哑声："你怎么来了？"

素馨怔一怔："不是你找我吗？这位小姐说，是你要跟我谈谈你自己的事，怎么……"

苏铁只抽出银蓝打火机，"铮"一声燃着了火，冷酷的，石与石相擦的声音。她缓缓吸进一口烟，在雾里神色不变。

可道便如此，站在了一个突如其来的转折之地。

这可以是一次温馨的聚会，只要可道肯重复谎言，并且心甘情愿，终身受困。像越狱的囚徒自投罗网，他的枷自己背起，他的锁自己扣上。

只要他肯。

但如果他不肯。

可道平静地说："是，我是有些话要告诉你。我们先来喝杯茶吧。"店里已经没有他熟悉的脸孔，他只回头招呼："林大哥，好久不见。"

素馨轻声问："你跟这里很熟？"

一杯茶由浓转淡的长度，暮色已由此登陆，洒下无数夜的种子。苏铁淡淡说："可道，宁小姐晚上还有事吧。"

可道遂起身："素馨，你跟我来。"

入夜后的城市渐渐呈现妖艳幻灭的气氛，灯红酒绿的饮马长街隐藏了许多巨大的阴影。素馨极度不安，"可道，你带我出来做什么？"

可道径直走到一家店前停下："这家'香槟男孩'，那行英文'The boy welcome the boys'——'男孩欢迎男孩'，是一家 GAY BAR，我曾在这儿做过四个月。那边正在装修的，叫'大卫城'，曾经是我的第一份工作，那一个月让我赚了第一年的大学学费。这里大部分店，我都曾经在里面做过。"

"你为什么要到这些地方来打工？怎么有这么高的收入？"素馨声音颤抖，她已模糊有所怀疑吧？只是触不到内核。

引领她，回到麒麟店。苏铁还坐着，烟抽得非常缓慢，

即将看到可道当面自焚，浴火狂舞，眼中却并不是得胜令的高唱凯歌，只是哀矜淡然。

可道静静看向她，像看着所有过往日子。

"我跟这位女士，同居了五年。我们就是在这家'麒麟店'认识的，那时，我的名字，叫麒麟。"转身，他看向素馨，知道自己是在一刀一刀杀着她，"素馨，你还能够爱我吗？"

是泰山崩于前，巨石横飞，素馨半晌竟全无动静，仿佛失去了反应的能力。良久才开始，缓缓退后，一步步，逃离这恐怖境地，这灯火绮丽的人间地狱。她不可置信地瞪视着可道。

这世界，比她所知觉的，原来要黑暗这许多。

素馨一跤绊倒。可道不由上前一步，想搀起她。素馨凄厉尖叫，爬起来，向门外奔去。

只剩下可道，与苏铁面面相对。

那一刻他如果手中有刀，会毫不犹豫插进苏铁的胸膛，温柔母性的，他曾将头靠在上面的胸。

灯火随轻尘起落，沉在地上，如水波。

突然，浮起了当年的记忆。

那时，他刚刚跟苏铁在一起，她开车带他出去玩，在桔子洲头，湘江北去，他教她打水漂。

小石片飞出去，在江面上"啵——啵——啵"三级跳着，像小小活泼的江鸥。

怎么教，苏铁丢出去都是"噗通"一声，溅出大片水花，直沉江底。

连连失败，苏铁突然捡起一块石拳，尽力丢出去，大喝一声："我要时间。"

可道被感染，也像掷铅饼一般掷出去，石头落水时，大喝："钱。"

"青春。"苏铁。

"未来。"可道。

"健康。"苏铁。

"幸福。"可道。

……

暮色西沉，游人渐稀，苏铁捡起最后石头，尽全力地最后一掷。那石头一直飞出他们的视野，消失在夜色里。

良久，听不到落水的声音。

身边，苏铁微语："爱情。"最后的、最渺小的愿望。

如果没有爱，怎么会彼此深深伤害？而伤害与爱，到了这般田地，他们之间，又有什么可以剩下？

故此，相视，竟没有怨怼与恨，只是深深感到，人生的无限苍凉。

林大哥过来了："麒麟，苏小姐，怎么了？"

他很沉静，"没事。"

把钱搁桌上，可道看一眼苏铁："我走了。你以后……好好生活吧，最近咳嗽厉害，少抽一点烟。"

那晚，可道只安静地，与夜光同榻而眠，同曙光一齐起身，在天光里洗脸漱口。他已完全皈依，放弃了对生命的抗争。

可道没去上班，他从此无法面对素馨。拟了简单的辞职信，以特快专递方式寄回公司。上午九点多，打电话给苏铁家，确定无人在家，便回去清理自己的东西。

皆是细软，一个旅行箱就够了。流徙半生，他生活里没有什么重要到，不能被丢弃。除了猫头鹰。

从床头柜上抱起猫头鹰的时候，可道被电源线绊得一个踉跄，猫头鹰脱手飞出，"砰"一声巨响，撞在地上，又重重坠地。

他失声大叫，仿佛听见父亲。当父亲踢翻椅子赴死，是否也一般砰然巨响？

猫头鹰静静躺着，指针凝滞，可道双手直抖，赶紧抱起，后盖"嘭"地掉下，里面唏哩哗啦一片响。无声地，落下一张黑白照片。

在这一刻，可道看到了，他生命的源头。

父亲与母亲，并肩站在黯黄时间里。父亲穿了一套没有领章肩徽的旧军装，母亲一根李玉梅式大辫子，笑容明丽开朗。拘谨而亲密，身体隔得很远，头却挨得很近。

分明有爱，如同空气，在父亲和母亲之间款款流动，他们呼吸着对方的爱而存活。

没有他。不，已经有了。照片下面，在一句豪言壮语旁边，注着时间，1974 年冬。他已经在母亲体内，孕育成形。

而胎儿是否有记忆，记得他一生中第一次的合家欢，唯一相亲相爱的证据？

若他是一杯葡萄酒，父亲和母亲，则是葡萄与水，以二十四年的光阴，等待他前来相认。是他们的爱与相融，酿就了他。

照片背后，简单地写着："小潘和小可"。

小可小可，父亲每天唤着的名字，竟然是出自母亲的小名。

而母亲，也许是爱着他的吧？

他曾与她血肉相连，直接汲取养分。他是否是个淘气的孩子，喜欢踢母亲，在她肚里转侧不定，让她吐了又吐？

而在寄人篱下的日子里，母亲的种种不得已，她的斥骂，是不是仅仅为了保护他？

也许，母亲也是爱着他的吧？

可道记得，那时他经常很晚才上床，朦胧间觉得身下压了什么重东西，一摸，是一管糖。

含在腮里，昏昏睡去，到清晨，嘴里空无一物，却涌满大量唾液，粘稠酸苦，像一片硫酸之湖，灼痛他。

依稀听说，继父携家带子去了广东，他一生，可能永无机会与母亲再遇。

是什么时候，他与母亲的爱，发酵发酸？

而父亲，叫做常潘生。

父亲说过，他原名"常沈生"，因他生于沈阳，但是派出所的同志不认得繁体的沈字，他便莫明其妙地叫了常潘生。

父亲喜欢这名字，他曾告诉可道：在希腊神话中，潘是众皆喜爱者的意思。潘神是山林之神，众神的宠儿，野性放诞，到处追逐女子，惹事生非，又总是一次次得到原宥，得到饶恕。

一生是个老实人的父亲，也有这样恣意的梦想。而父亲的梦，由他，以最奇异的方式实现。

天上没有雷，人间没有公理，运命从来不可挑拣。

仿佛又听见了，澄净白日里响起音乐，"依稀往事又重见，心内波澜现……"

已是十年过去了。十年生死两茫茫，不思量，自难忘。每一年每一季每一月，却好像总有一家电视台在播放《射雕英雄传》。

缓缓，可道跪倒在地，喉咙里紧而涩：请给我一个理由，一个借口，请允许我嚎啕一次，为铁血丹心的英雄，也为我平凡的父母，更为我自己，颠沛畸异的生命。

眼泪，从心底出发，如氧气，随着血的脉动，流遍全身，洗涤了可道的灵魂。让他自此无垢无碍，通体透明。

可道打电话到"闺秀"："请问苏铁在吗？"听到苏铁

"喂"，他便默默挂断电话。知道她没事，让他安心。带走猫头鹰和照片，便好像割舍了与苏铁的最后牵系。

没几天，一晚，电话忽然响了："听说你跟苏妈妈分手了？为了帮我租房子？"

他周围人声如沸油泼地，可道越发知悉炽天的寂寞。"炽天，你在什么地方？你跟什么人在一起？"太熟悉，这样的背景。如电影片头，一看即知的情节。

"还能有什么人，狐朋狗友呗。"炽天烂笑几声，"歌又没得唱，专辑也没得出，李加整天敷衍我，说在做在做。我不出来玩，你叫我干什么？"

可道不原谅外人伤害他，更看不得炽天糟塌自己。"炽天，不要跟李加泡了，你斗不赢他，他会整死你。"

炽天冷笑："昨天他还指着我鼻子说，要剥我一层皮。哼，我倒想看他，能怎么剥我皮？死猪不怕开水烫，我都到这份儿上了，我还怕他？"

很想很想唤他：炽天，回来吧。

可道只说："炽天，有什么问题，立刻告诉我。大家商量。"

到月底，部长正式通知他，不接受他的辞职，恳切地道："为感情问题，不值得的。"

可道心神一震：难道真相已经像树梢上的风，在每一片绿叶间传递，流遍整片森林？

"不，是我个人的问题，跟感情无关。"

部长笑："还骗我。我才知道，机电部的宁素馨也辞职了，跟你同一天。年轻人就是莽撞，吵个架就避而不见，以后合好了怎么办，再去找工作？……"

可道不禁啊了一声。

坏人衣食，等于杀人父母。

素馨那么需要这份工作，却选择了默默离开。是因为，实在不能在与他有关的环境生存吧？一桌、一椅、一封文件，都是凝固的记忆，像幅铜版画，会蚀在她心上。

她原本是一只自由鸟，他却是一场饱含二恶英的大雾，毒化了天空，令她窒息哑然，孤单地飞去。

可道，不忍再想下去。

素馨家的街口，有一棵高高的白玉兰，满树花开，雪白招摇，像栖了一树白鸽子。千重百复的花影，荫没了一整个夜，偶尔有风过，掀出一个月亮来。

抬头，便可以看见素馨家，小小碎花的窗帘。

有光，隐隐透出来，晕黄。

六点钟，忽然人声杂沓，一时又安稳下来，只有电视的声浪。素馨在吃饭。

八点钟，另一扇窗暗暗有灯，是卫生间吧？十几分钟就熄了。素馨在洗澡。

十点钟，电视关，熄灯，全屋沉在一片黑暗里，却有一种落叶归根的宁静。素馨要睡觉了。

素馨的生活，让可道觉得简而清，纵使有所缺失，仍是完整的。他遂在心里微微招手："再见。"自此与素馨清风明月，两不相干了。

突然，一辆摩托车停在他面前，突突突着，两个警察下了车："哎，你在干什么？"

"我路过。"可道一怔，信口答。

"路过？你在这里站了一个晚上了。你身份证呢？"

很快聚上闲杂人等，争看热闹，可道不知从何说起，支吾："我……"

帘一掀，碎花飞满夜色，素馨探头出来："他是来找我的。"

"你要怎么样？你还来干什么？"玉兰花稍黄略萎的花瓣，落下来，是一场鹅毛大雪。横在他们之间的冰冷雪原。

"对不起，我骚扰你了。"可道低头，转身。

"你等一等，"素馨脱口叫出，"你，可道，你到底做过些什么？"

"那很重要吗？"可道没有回头。

在长久缄默之后，他听见素馨的声音，轻声，却如宣誓："不，那不重要。你是常可道，我了解你的心地，你的心是好的。你做过些什么，都是常可道，我喜欢的，是你这个人，不是你的过去。"

可道慢慢转身，突然用力搂她入怀。素馨全身抖颤，眼泪小猫咪般爬得到处都是，湿透他的前胸。

四、又哪得工夫怨你

可道与素馨，不是完全没有黄金日子的。

那时，素馨已经觅到新职，仍是一家贸易公司的文员。可道自觉积累、积蓄都有一些，对人生想有一个长远的规划，有意自立门户，便不时为此事周旋奔走。

平时都忙，中午两人就匆匆在街边吃点什么。人声车流，街市总如乱世，因而一碗汤的安稳，有时也是可贵的。可道不由得握住素馨的手。

有花车，正缓缓驶过，素馨微笑凝视，可道却突然想起，苏铁说过的，她童年时的婚礼喜气，一床一床锦缎流在阳光里。

傍晚，在落日后清凉的街上慢慢走一走，梧桐绿得不可收拾，铺一地黑影子在地上，花纹地板似的。两人牵手，脚步起落，诗一样的节奏，一首要是原诗，另一首就是和韵。

素馨忽然顽皮起来，跳着去踩可道的影子，可道连连躲闪，不让她踩，忽然也反身踩她的影子。两个影子在地上追追逐逐，渐渐舞成一个。

一日下班，可道去素馨公司接她，她手边还有点余事，可道便在一边等。

人已走得差不多，寥寥几人也像沙漠里的椰枣树，遥遥相望。偏有两位女同事正大着嗓子聊天，叽哩呱啦，用喊的。

非常振奋地："我最近可开了眼界，我不前两天陪那个香港过来的女总管嘛，人家指名要去一家什么'麒麟店'。哇，你简直想不出来，里面的侍应，全是俊俏的小伙子啊。"

"真的?"另一个很有兴趣地抬头。

"千真万确。"第一个恨不得指天誓日来证实，"那个漂亮啊，那女总管眼睛都看直了，恨不得把人家吞进肚里去似的……"非常粗砺伧俗的形容。

素馨站起，提高声音："我们走吧。"

晚上依约去看立体电影，是部惊险大片，当飞机低低地向观众席上冲过来的时候，素馨还是禁不住惊叫，扑入可道的怀，带来一身暖柔气息。

她的怦怦心跳，缘着相贴的身体，传到可道耳朵里，便像两个人之间揣了一只小兔子，毛茸茸的一球。

电影院里很黑，那种黑让人放任，可道不由自主伏下身去，吻向她馨香静美的发丝。

他的吻，如玫瑰初放。

素馨却突然仰起头："可道，你到底有过多少女人?"

银幕上，火箭炮的轰然巨响，整幢大厦都在燃烧，金焦的光针，洒在素馨脸上，像许多细小飞刀，时明时暗地

切割她。

可道慢慢松开手。

即使回答了，她以后会不会问："你的初夜是跟谁？""跟她们更快乐还是跟我？" "你跟她们都是什么样子的？"……

素馨直起身，头转向一侧："对不起。"

不是她要侮辱他吧？只是这每一个问题，都像她心里的蝎子，一下下螫着她，让她一夜一夜，痛得辗转难眠。

又该如何告诉她，多少次，他在人家的身体上，像一具马桶，承受着别人的激情与渲泄，等待高潮像等待抽水的"哗啦"声，冲走一切污秽……

他年轻而历尽沧桑的身体，他所有的痛与忍耐，不是罪，也不见得羞耻，却永远不足为人道。

直到终场，两人都很沉默。

送素馨回家后，已是更阑人稀。可道信步走在丰美湿润的初夏夜晚，街道如深幽河流，偶尔溅着人声。可道闻到栀子花的清香。

不由得，站住了。是身体的记忆在诱惑他吧？再往前走两百米，转过邮局前的路口，抬头，便可以看到，熟悉的灯。

还不到十二点，苏铁应该还没睡，大约又坐在阳台上，面对一墙爬山虎的藤叶，抽烟吧？

终于不得不承认，他是想念苏铁的。

想念第一次在苏铁家里，那一锅乌鸡汤。还有她的红塔山烟；她的短发；她在高速公路上开飞车；她烈性的温柔，如伏特加；她石宅一样的个性，曾庇护他，为他挡风遮雨；她打的那件破毛衣，他一次也不曾穿过，大约已经不见……

以及他和她一起的，五年时光。

何得至此？他背叛在前，她便伤害在后。共度的光阴和记忆，像一块薄脆的香饼干，被两个人的粗暴，合力碾成一地粉屑，零落成泥。

可道几乎毫不犹豫，转身走了。

几天后的一个中午，他在街上，看到了孙潜洲。

那时，他正和素馨一起，等在麦当劳的外卖窗口，不经意间，瞄到天桥上有一双老黑布鞋。

真的是，孙潜洲。

仍是忠厚脸容，老黑布鞋，他手里夹着公文包，不疾不缓过着天桥。五年了，他仿佛不见老，外形上没什么变化，还是一个老好人的样子。

可道曾无数次幻想过遇到他的情景，如电影般在脑海里一放再放：

静静上前，拍拍他的肩："你还认识我吗？"等他的瞳仁睁大，额上冒汗，惊恐欲逃，再一把揪住他的领子，一拳夯下……

"先生，请点餐。"

可道一怔，道："一个巧克力圣代。"——给素馨的。

远远地，看孙潜洲下了天桥，拦了一辆红色的士，向前开去。的士消失在车流里，像一点红墨水融入海洋。

是后来才明白，不是孙潜洲，也会有别的人，导引他走此歧路。走进饮马长街，便是进入性的阿修罗场，诱惑与杀戮之城，还谈什么全身而退。

他的人生，有怨有悔，却永远不能重来。他必得承担，所有的好与坏，前因与后果。

这时，他的手机响了，竟是"闺秀"的号码。"小常，你快来，苏小姐昏倒了。"

苏铁只说一句："你来干什么？"冷冷敌意，靠坐在观察室的病床上。

可道几乎是连滚带爬奔到医院来的，感觉上，是去见她最后一面，晚一步就来不及。现只见一屋子人，红男绿女，个个若无其事，像一个愚人节的游戏。他犹自气喘吁吁，心跳如鼓，情绪实境却完全对不上，便像忘了台词的演员，被干在了门边。

两个月不见，苏铁瘦多了，骨架仍然，周身却像棒棒糖被舔去一圈，窄了三分，领口上两根颈骨横出来。脸色也灰败，像烟薰火燎过的。

这些时，想是吃没正经吃，睡没正经睡。可道心底一搐，竟有隔世之感。

众人七嘴八舌说给他听：最近苏铁一直感冒，刚才在店里，咳嗽咳得很厉害，好容易止住咳，甫一站起，便软倒在地。

可道听得惊心，连忙问苏铁："医生怎么说？要不要紧？"

苏铁置若罔闻，正眼也不看他一眼。还是旁边人告诉他：打了一针葡萄糖之后好多了，医生说要做全身检查。

苏铁突然捂了嘴，一阵狂咳，咳得周身震颤，眼泪都迸出来。可道疾步上前，帮她捶几下背，分明觉出她背后的骨头，硬硬凸着，像枯水季节，水落时出，一江的大小圆石。

她竟瘦到如此。可道几乎捶不下去。

苏铁勉强止了咳，挥挥手："没事你们先走吧。"已咳得满脸通红，如桃花。屋里空静下来，可道才听出苏铁呼吸沉浊，身上隐隐蒸着热气。

不由"呀"一声："你在发烧？怎么感冒感成这样？"自饮水机取了一杯水，递给她。

不及问别后种种，已经不自禁呵护照料，仍是他生命中亲密的人。

这时，医生进来了："想好了没有？还是住院吧，做个全身检查。"

苏铁只摇头："检查要做，住院就不必了。我工作忙，

再说，我是一个人，住院也没人照顾。"手掌一立，截住医生所有下文，"我的身体，我自己做主。"声音嘶哑，像撕破了嗓子，渗着血意。

"医生，医生。"可道在背后追着，一直追到院子里，才拦住医生，"我是她……的朋友，我想问一下，不就是感冒吗？为什么你要她住院。"

"感冒长期不愈、咳嗽、消瘦，这都是病的表征。尤其她咳得这么厉害，病可能已经不轻。具体是什么病，她还没做检查，很难说。但是——你最好劝她住院，不然她身边，也不能离人。"

医生神色里的凝重，令可道悚然而惊。

这是六月，阳光如金杯，风像清酒，苏铁却慢慢走在医院门前的甬道上，沉默瘦弱，不时咳嗽几声。她一身灰衣如旧年夜色。

可道说："还是住院吧。""不用。""住院比较好。""谢谢。""住了。"轻轻地，带点央求味道。"不。"苏铁索性斩钉截铁，一字千钧。

像在蒙昧中，两个人的追逐闪避。

她招手拦车，坐进去，可道把住车门："你一个人住着，我不放心。"

她至此才扬头看他一眼，那一眼泄露天机，她的恐惧与强傲："那你说怎么办？"大力关门。

可道一把拽住："要不然……我先回去住几天？"

到巷口菜场买了菜：青菜、黑鱼、红牛肉、白豆腐……七彩纷呈，一个无事不欢的俗世。仍是一贯地，她买，他拎着。

又去买了春卷皮、肉和地菜。

可道阻止："买人家包好的吧。"

苏铁不肯："你知道他们在里面包了什么？"额上沁出细汗。

见她兴头，可道唯觉难安。

人潮涨落的街头，他们过着一饮一啄寻常日子。仿佛，从不曾暴力相对，从不曾动念弃绝，更不曾以恶意互戮。

——都已经发生过了。虽然两人皆只字不提。

但却如利斧高悬，映着阳光，投影在他们之间，是雪亮肃杀的一条三八线。守线者生，逾线者死。

回到苏铁家，手机上早已密密，排满素馨的号码。

"我……在她家。"

三言两语，把苏铁病情说明。

那端素馨的呼吸细弱，像轻起轻落的尘，良久无语。可道唤："素馨。"

才听见了啜泣。"你……为什么？她那样对你，你为什么还要回去？"

"我不是回去。只是暂时的，陪她一段日子。等她病好了，我就走。好不好？行不行？"可道哄着她。

"不好。不行。"仿佛看到素馨的泪,纷纷落,如散花,"我不要你回去。"接近喊,小女孩般的跺脚不依。

"她没人照顾。"提及此,可道心里一痛。

"她的家人呢?她的亲戚朋友呢?她可以找保姆,找钟点工啊。"素馨哭道。

"她没有家人亲戚,她只有我。"

——她只有他。而他不止只有她。

隔着话筒相对黯然,像遥远冰冷的拥抱,良久,素馨说:"我希望她的病,马上就好。"

忽然听见,闷的呼吸,在门外。又有裙,微微窸窣。

可道亦不言语,顺手开了音响。

听完一首欢曲,饭香已溢。

同居一宅,两人却再无肌肤之亲。

可道陪苏铁去医院,拍片,抽血,一管一管深红的血——苏铁下力捏紧他,是疼得很吧?刻下深深五个指甲印,像雪地上断断续续的足迹。

送苏铁上班,自己去忙自己的事。有时间就去取化验报告,没时间就打电话问苏铁:"情况如何?"

苏铁说:"还好。"

回家看她不大咳嗽,脸上血色也滋润,可道便安了心。

晚上料理家务,在自己房里看书做事,与素馨打几个简单的电话,早早睡。

苏铁只管冷眼而视,也不问他什么。

与苏铁这样近，又这样远，客气隔膜。

一天，苏铁更衣，喊他帮忙。

是件簇新胸衣，象牙白色，盈盈围，窄窄丝，光可流离。又缀了一排花蕾，如一条扶桑小径。也不知她几时买的。

居然是仿琵琶扣，在她腋下，几缠几围的，十分复杂。

可道还没整出名目，苏铁忽然折身，将手放在他身上私隐处。

可道的身体，以沉默作答。

她的手，便僵住。

"可道，现在我对你，已经一点吸引力都没有了是不是？"清清楚楚，她问。

仰了脸，看他，绝望而狰狞，突然一俯身，在他胸口狠命地咬下去。隔着衬衫，一直入肉，下死力咬他。

可道痛得眼花缭乱，叫出声来，一掌把她推开。

暴力竟成为习惯，变成制度？

苏铁齿间隐有血迹，脸容如吸血鬼怨毒。

可道气得发抖，双手握拳，若不看她是病人，早已一走了之。苏铁却一转身，把自己锁在房里。

两人之间，破败至此。可道胸口更痛，像在伤口上泼了一勺滚烫辣椒油。

难得觅得与素馨相处的机会，也只觉感觉完全不对。

时常对坐在小店里，吃一顿饭，气氛与食物一般寡淡。

唯有碗筷相撞，叮当有声。

肩并肩，走一段路，素馨却向外让出半尺。好像他沾过别的女人，便有了不洁意味。

可道心下气道：这才叫猪八戒照镜子，里外不是人。

简单告别一句，就分手。素馨却自背后拉住他："可道，你不要去那里。"

可道搂住素馨，低低道："我没做什么。"——又觉可耻，何以必得解释。

"我知道，可是我想起来，就很伤心。"素馨偎着他，脸埋在他衣服里，断断续续，"可道，你……几时搬出来？"

可道把着她的发，光纤一般纤细而饱含内容，一根一根都在颤抖。他低声道："我跟她说一下，就走。"

夜色像旧抹布般灰蒙，屋里没亮灯。苏铁坐在黑暗的阳台上，一动不动，像一只疲倦的鬼魂，周遭只有爬山虎叶子的簌簌。

可道近前，她知觉了，却没有回头："吃饭了没有？"

"CT报告出来了吗？怎么样？"可道问。

"没什么。肺有点钙点，抽烟太多的缘故吧。他们叫我戒烟。"声音疏疏淡淡。

可道挣扎良久，尚不知如何开口，苏铁却问："可道，你是不是要走了？"

可道怔了一下，道："睡吧，不早了。"

第二天是星期天，苏铁去店里，可道还在睡，忽听有人按门铃。"谁呀？"无人应声，却又多按两下。可道起身，拉开门上小窗，一声惊呼，"炽天，你回来了。"

"我刚回了趟老家，来看看你，待会儿就回北京，十点半的车。"炽天没什么表情地说。

点石成金的阳光天气，炽天却一身萧索，许是刚下火车的缘故，头发鬈如枯草，衬衫领扣脱了，敞着领，一折一折的污痕，牛仔裤脚全是泥。拎个行李箱。

可道仍很高兴。"好啊。吃早饭没？我给你买糯米鸡，我们一起吃。"

炽天只道："我想洗澡。"

给他放了水，看他拉上磨砂玻璃门。可道便出去买早点。八点多了，很多摊子都收了，可道一直跑出很远，才找到一家炸糯米鸡的。

他要买二十个，——他们各吃两个，其余给炽天路上和在北京吃，——说："我不要现成的，我要新炸的。"

摊主说："那要等一会儿啊。"

油锅滋啦，糯米鸡一个个金灿灿地，给摆上铁网架沥油，阳光底下是一堆金元宝，土财主似的炫耀自己。他看得实在喜欢。

随手翻翻旁边报摊上小报，翻出一行大字标题：天使入地狱，摇头复摇头。配了一张炽天的照片。

脑子里"轰"的一声。

已经是一个星期前的事。

警方收到举报，一家"地狱"舞厅有人服用禁药。突击检查中，搜获四十多颗摇头丸，现场三十多人中，有炽天。

他尿检呈阳性，并且与警察冲突，出言不逊，"也许我患了艾滋呢。"——幸而血检证明，他血液中没有摇头丸成分，也没有性病。

底下林林总总，各娱乐圈头面人物发言。

甲：对娱乐圈毒品现象十分震惊。

乙：呼吁歌手们要自爱。

丙：要杀一儆百。

李加则以经纪人身份表示：很痛心，已据合同规定，与炽天使终止代理关系。

……

"炽天，我上厕所啊。"可道扬声，推门进了卫生间。

水声哗哗，隔着磨砂玻璃门，只看见一个模糊影子，幽灵似贴着，一动不动。

炽天的行李箱就搁在洗脸池下面。可道坐在马桶上，用脚勾过来。有密码锁，他试试炽天的生日：1113，便"啪"地开了。

拨开几件简单衣物，只见一个澄绿圆球酒瓶。可道小心旋开嗅嗅，站起身，往马桶里一倾，霎时，积垢上冲出一条雪白的路。

突然电话铃声大作，玻璃门内影子一动。可道一惊，整瓶都倒下去，"轰"一声抽了水。

飞出去接电话，"喂，喂，"是苏铁，洗衣机里有衣服，叫他去晾。"我知道了。"可道无暇多谈，挂断。

又冲回来，门内仍只有水声。可道飞快地把瓶子涮了三遍，注满清水，擦干，仍然搁在衣服底下。锁好箱子，放回原处。

立定，喘匀气，才拉开玻璃门："炽天，洗这么久？"

炽天如梦方醒，抬起头："洗好了。"关上水龙头。他的裸身软弱而疲惫，如生病的蚕。

胸口旧伤，仍有余痕。

可道问："还疼不疼？李加这王八蛋，有时想起来，恨不得一瓶浓硫酸泼他脸上去。"

如雷贯炽天的耳。

炽天不由一跳，整个人抵在浴缸壁上，发出吱吱的磨擦声。他全身都收紧了，却只装着若无其事。

"不过又一想，他怕什么？他又不是靠脸吃饭，毁了容他照样有才华，有钱，有势力。"可道说得再平静没有，"而且现在医学那么发达，又不是不可以整容，也许整得更好，那我们可不就亏了。炽天，你说呢？"

炽天脸色惨白，发上身上滴下水来，像全身心的落泪，他不发一言。

俯身过去，可道握住炽天的手。炽天的手死蛙般泛白

毫无反应。可道使力重握，要激醒他的麻痹。"炽天。"

炽天喉咙里，发出了呜呜的、小兽一般的哀鸣："你都知道了，是不是？李加，是他举报的，我没有吃摇头丸，是他在家里，让我喝了止咳露……"

哭倒在可道肩上。

撑住他，撑住他所有的疼痛、悲苦、挫败以及恨。可道像一座灯塔，巍然而立，承载一切。

十分恳切："炽天，你是天才，你天生是唱歌的料，你一定会红。李加算什么东西，你根本不必睬他，等你红了，他会跪下来求你。"

炽天只是痛哭："我完了，我身败名裂，没有人要听我的歌了。"

"谁说的？莱温斯基不是比你还身败名裂，她出唱片一定卖得很好。炽天，别做傻事，我是无父无母的人，如果你出了事，我就连个朋友也没有了。"可道抱紧他。

阳光终于越过前方高楼的肩，从窗口投进来，也是一种日出，照彻两个相拥的男人。

相濡以沫，不如相忘于江湖。江湖广大，他们却是咸水鱼，无法生存，最后，还是回到彼此的沫。

幸好他们还有彼此。

相濡以沫。

突然传来开门的声音。可道循声出去，正遇到苏铁推门进来，劈头就问："谁在？你在卫生间里干什么？你为什么弄得一身水？"脸孔冷厉扭曲。

可道冷冷："你以为是谁？你以为我在干什么？"原来光柱里有这么多尘，跳上跳下，到处沾染。苏铁一身都是尘。

这时炽天也出来了，裹了一条浴巾，跟苏铁打招呼："苏小姐？"

苏铁愣了一下，有点口吃："An……Angel，是你。你回来了。"

糯米鸡早就放冷。炽天一口气吃了六个半，抚肚："再也吃不下去。"起身，"我要赶火车了。"

可道也站起："炽天……"

"你放心。我不会做蠢事，他妈的李加还不值得我为他偿命呢。《涅槃》一直没拆账，我的报酬也没付，该是我的我总要拿回来。"吸饱清水的头发，像下过雨的葡萄架，精神抖擞。

在门口的阳光地毯里告别，炽天重重对可道点一下头，下楼去了。

这城，也许没有永恒，可是有光，也有爱。

苏铁一直尴尬地站在一边，此刻终于上前："可道，对不起……"

可道截住她的话头："也许根本不是炽天，是一个女人女扮男装呢？你何不亲自跟他睡一觉，证明一下。"

进了浴室，开始放水洗浴缸。苏铁也跟进来，负罪似

站他身后。

弯下腰去，以海棉蘸肥皂水擦洗着浴缸。这原是他经常做的工作，但是今天，他把这个动作洗出一腔的屈辱味道。

苏铁忽然自后，抱住可道。

可道在苏铁怀中，腰弯得越来越低，手探得越来越远，一点点，像一条鱼挣脱网，他挣脱开苏铁的怀抱。

水是温热而浊的。

那晚，可道找出素馨送他的虎头玉，轻轻摩挲，温润而纯净。不自觉地，他握紧，在心湖里浣了又浣……

午夜，他惊醒，空气中仿佛有些幽咽。他紧握的掌心不知何时摊开了，仍有玉的感觉，却空无一物。他大惊坐起——苏铁的房内一片死寂。可道复又缓缓睡下，彻夜无眠，却又似乎有梦。

后半夜，听到苏铁低微的咳嗽。

她还在生病，此时舍她，成何人子？

故而此后几日，可道虽然与苏铁不交一言，镇日空进空出，却仍承担一切家务，不提那个"走"字。

一夜可道很晚才到家，许久许久打不开门，正疑心钥匙拿错，忽然僵住，胸怀中热焰如焚，掌心却泺泺汗意——那门，分明是自内锁上的。

从门缝里泄出的光，此刻无声熄灭。

可道沿着街道一直走到城市的负面，不知疲倦，而夜终不肯亮。路灯历历，是道路的编年史，只是他的道路，向来深黑得，没有一盏灯。

第二日，苏铁只抽一枝烟："可道，我要结婚了。前些时他们给我介绍了一个男人，不错的。跟你这样日子，有什么长久。人总是要结婚的，何况，你也要走了。"

苏铁起身，背对可道，立在无月的阳台上。黑天无限宽大，轻轻拥抱她，有风，将她的短发梳开。

"可道，你以后有时间，来看看我。"

可道以为自己会如释重负。然而看着苏铁茕茕的背影，他突然满心都是惘然，若有所失。

朱红底金线的龙凤呈祥、宝石蓝底银线的孔雀开屏、秋香底青黑线的百子千孙、茄紫底粉黄线的鱼跃莲花、娇黄底五色线的蝴蝶于飞、豆沙绿底橙红线的芙蓉锦鸡……一共十六床华丽的、流光溢彩的缎子被面，可道一床一床把它们铺开，摊放在大床上，最后一床是桃红底色七彩线贡缎的鸳鸯戏水。

是他送给她的嫁妆，他也可以算是她的娘家人了吧。

地已拖过；窗子抹过；排气扇拆下来刷过；灶台用铁丝球刮过；漏水的水龙头换过；桌椅擦过；窗帘、枕单洗过；插上新鲜的花……

便这样，最后时分，站在门口，可道看到一个一尘不染的家，处处光可鉴人。

　　这是他能为苏铁做的最后一件事，他要给苏铁一个全新的家，他也要给世界一个干净的自己。

　　而时间，是沙漠里干枯麻黄的风，会吹落所有生命的容颜，让往事都化灰，那些在子夜被惊醒的人，重又漠然睡去。

　　苏铁的名字，渐渐也会，只是往事中的一些吧？

　　流火七月，可道与素馨渐入佳境，已上门拜访过宁家长辈。素馨父亲、祖父都颇喜欢他，知道他是孤儿，便叫他："星期天过来吃饭嘛，又不多你一个人。"

　　他每次都带些菜去，一只鸡或者半只鸭。那时恰好素馨妹妹在减肥，不吃肉，每天青菜豆腐吃得眼冒金星，他又去长春观买了以假乱真的素菜过来。饭桌上，总是老少咸欢。

　　饭后，便去逛街、看电影。商场里冷气十足，大街上又实在是热，素馨便小小地感起冒来，打几个喷嚏，流鼻涕，可道给她递纸巾，擦汗，道："一定是传染了。"

　　素馨问："怎么，你也在感冒？"

　　他方省起，其实苏铁感冒的时候，素馨一直没有见过她。

　　或许为着这个，下个星期天，阳光底下逛着街，便无可避免地自苏铁窗前经过。那如少女双颊般桃晕的窗帘，一如他初初挂上的样子，平整无波，云垂水低。下半身却是绿色的，原来是爬山虎的藤叶，自阳台攀上窗栏，一幅厚厚的草叶裙。他只瞥了一眼便匆匆逃开眼眸，却蓦地心中一凛。

他记得的：每当夏天，晨起开窗，必会被藤叶所阻，非得用力，推断爬山虎细韧的触爪，耳边都是青脆的撕裂声，才开得了窗。难道……

他说："素馨，我有个熟人住在这里，我上去有点事，你等我一下。"

阳光大张旗鼓地扑进来，地板上那深红黯淡的——可道整个人颤抖起来——一条血的路。

一朵枯萎的血郁金香，瘫痪在灰尘布满的地上。良久，可道迟缓地蹲下去，小心碰触：血已凝了，渗入木质的肌里，浓稠而柔软，像烈日下渐融的沥青，却是冰冷的。

离开身体的血，原来这样冷。

血的气味，多么熟悉。半晌，可道觉得额上刺痒，以为是虫，但是是汗，冷冷流下来。

柜里，他买回的华丽锦缎，一一叠好，陈列整齐，却少了一床桃红的鸳鸯戏水。苏铁曾经非常喜欢的那一床，捏在手里抚了又抚。

他突然折身扑向电话，惊动一屋死尘，扑扑拍着翅。

一定是他猜错了，这是不可能的。他要理由，他要人来证明他的错，他要一个恼怒的声音，叱他："常可道，你有病呀。"他要苏铁。

手机关机，公司电话一径不耐烦地"嘟嘟嘟"。全乱了，可道甚至不能肯定，这所有的号码他记得正不正确？

他生命中的一部分已经灰飞烟灭。

阳光忽然在窗上爆发，光芒刺痛他的眼睛。

楼下素馨还在等，她发上的蓝宝宝发夹，令人心安。毫不知情的脸容，水晶似透明："事情办完了？我们走吧。"

电影与蓝宝宝，与爆米花，仿佛是另一个世界了。

可道说得很吃力："对不起，素馨，我……不去看电影了。"

"闺秀"总店的铁门紧锁。闹市区的店铺家家门户大开，人来人往地兴隆着，"闺秀"便是一只被戳瞎了的眼睛，独自黑洞洞。

终于找到了苏铁的助理。"孙小姐，我是常可道，你还记得吗？有件事麻烦你一下。我找不到苏铁，'闺秀'总店又关了门。你说什么？……"

"闺秀"已经没有了。

十五年前，苏铁曾是某人的女人。那人拿出公款十九万放入苏铁账上，助她创办"闺秀"，现那人已锒铛入狱，贪污公款近四百万。苏铁一听这消息，立刻从账上取出现金四百万，送还那人。周转不灵，工资开不出，设计师带着图样及一流的工人跳槽，付不了加工厂的账，工厂便扣下产品以低价卖了抵债；极大地影响了各店的生意……遂摧枯拉朽，兵败如山倒。

"闺秀"已正式申请破产。

苏铁只寻常抱臂，淡淡道："火里来，水里去。"

孙小姐很诧异："难道你不知道？就这两个月发生的事呀。"

可道有点吞吞吐吐："我们……她不是要跟人结婚吗？"

"结婚？她跟谁结婚？"孙小姐很惊讶，"除了你，她哪儿还有别的男朋友？"

可道张口结舌，半晌："那，苏铁人呢？她在什么地方？"

打遍所有电话，无人知晓。

渐渐，入了夜。月光水一般，漾漾浮着，远楼近树，轮廓格外清晰，如用竹笔勾勒而成。又有万家灯火，闪烁。

如此夜色如画，却不见了苏铁。

不见了苏铁，如此夜色如画，有什么用？

站在他与苏铁曾共有的房里，可道忽然心念一动，到处翻找：病历呢？苏铁的病历呢？

抽屉是空的。

慢慢，慢慢站起，可道不由自主握紧拳：

如果我的爱人要灭亡，我要感到死的痛；如果我的爱人要下地狱，我要感到火的烧；我绝望，但我要体会这绝望；我将死无葬身之地，但我将担当这命运。

人生竟可以凋败至何种地步，可道懂了。他终于在肿

瘤医院找到苏铁。

正是午休时分，隔了窗看她：苏铁侧身睡着，盖着他买的桃红鸳鸯被。又瘦了，脸看去便小小的，眉目集中，额头开朗，没长开的孩儿面，更有股无邪味道。

他忽然心中一动，觉得很久之前，仿佛也有这样一个下午，如此相望，与她结过一段尘缘。

也许是前生吧，这样一个盛夏午后。

他弯腰在她床前，细细看她，她的眉毛，眉形弯弯，每一根都长长的；她的眼睛，合着，睫毛浓秀；她的鼻子，不算高，一座清丽小山；她的嘴……

好像覆了一张软纸在她脸上，然后照着她的样子，一笔一笔画下来，再造一个她。

可道第一次知道，原来苏铁这么美丽。

是他呼吸的惊动吧，苏铁蓦地醒了，看见他："可道。"

"为什么不找我？为什么不打我的电话？"可道问。知道了她的吐血，知道她如何爬到电话机旁打 120 求生，也知道，是肺癌晚期了。

医生说：已扩散到全身，毫无手术价值。即使用化疗放疗手段来延长寿命，也不会超过三个月。

而且最后，会极其痛楚。

连狮子也痛得满地打滚的痛——真的有，得肺癌的狮子。

苏铁坐起："可道，我时日无多，何必浪费你的生命。赶快去找你的女孩，就当我是一盏灭了的灯。"

可道问："我走了谁来照顾你？"

苏铁微微一笑："有钱还怕找不到亲人？不劳费心。"

可道静默一会儿，唤她，"苏铁。你已经没钱了。"

苏铁怔住："你都知道了？那你还留下来干什么？"

可道没有回答。为什么，感情也像肿瘤，暗生暗长，一无征兆，永远要到晚期才会发现？到开始流泪、感冒、发烧，到开始觉得痛，一切已经无可挽回？

他只是俯下身去，静静抱住苏铁。瘦得只剩一点点，脸颊深陷，皮肤松弛，每一根骨头都清清楚楚，触痛她。这样一个女子，触痛了他。

良久，可道低声说："苏铁，我爱你。离了你我不能活。"

此刻他终于知道，何以他一直恨她。

恨她的好，提醒他的不幸；恨她的宽容，以为是侮蔑轻视；恨她的脾气，当做是报复伤害；还恨，即使他这样恨她，她依然要爱他，对他好，一如往昔。

他却不知道，爱情本就是，既怨且央，所谓鸳鸯。

她是他的母亲，也是他的女儿；是他的姐妹，也是他的情人；是他的朋友，也是他的庇护者……

还是他一生一世，唯一的爱人。

初夜。初吻。初恋。

他这一生什么都是倒着来的，跟所有人的顺序都不一样。但终于还是画上了一个圆，完成了爱情的全过程。

她却是他生命中的过眼云烟，终将消逝，如星沉海底，并且永不再现。

还来得及吗？容他懂得并安慰，一切属于苏铁的，快乐、痛楚、创伤与骄傲。他不要去追索她的过去，他也不能够承诺将来，他却要这一刻，完完全全的厮守。

忽然听见了泪。

一大颗，饱满地坠在苏铁的头发上，居然是他的。

如深海珍珠一般罕有珍奇，他十年来的第一滴眼泪。

苏铁沉默着，反手抱住他。

他终于打电话给素馨："对不起。我喜欢你，但是我不爱你。我原来不知道爱是什么，但是现在，我知道了。"

他买了红塔山给苏铁，苏铁接过，撕了包装，抽一枝出来，在鼻端闻了又闻，深深吸气。还是搁下，叹一口气，"我好想抽烟哪，但是一抽，太难受了。肺里像火烧。"

而苏铁是那么喜欢抽烟的人。

他记得有一晚，他们去逛商场，九点半商场关门了才出来，刚开车上路，苏铁就说："呀，忘了买烟。"坐立不安，在座位上动来动去，过一会儿反手敲敲他，"哎，我把车停了，你去给我买盒烟。"可道不由得惊呼，"姐姐啊，这是禁停区。""没事，警察下班了。"

结果警察没有下班。苏铁居然先问那小警察："你可不可以借我一枝烟？"吸毒似匆匆吸尽，呼出一口气，才掏出驾驶证来。

小警察一听违规原因，就大乐，苏铁也笑，连连道："丢人现眼，真是丢人现眼。"

一枝500块钱的烟。

可道说："那我抽，你闻好不好？"

淡蓝辛涩的烟，飘了一室。寂静而弱。可道用心地呼烟，苏铁用心地吸烟，一呼一吸，都由他们两人共同完成，实现生命的存在，从此没有什么不能共享。

苏铁突然剧咳，可道丢了烟，慌得简直不知该怎么做才好。

苏铁咳着，痛得紧蹙着眉，双手紧紧按在胸，仿佛要把肺从胸里取出来似的。可道乱成一团，帮她捶背，又倒水给她，却也明知，没有用。只能眼睁睁看着她的痛，一点也帮不上他。

他帮苏铁躺平，苏铁终于止了咳，道："我喜欢抽烟，能死于五十万枝烟，也算是死得其所了。可道，这是我要的死法。"

他更是心酸如苦梅，她到这时，还在安慰他。

他陪苏铁去化疗。门一关，可道没事就在医院里乱跑，看墙报，"防癌小常识"、"肝癌的几种发现办法""从妇科癌症谈晚婚晚育的重要性"……苏铁从化疗室出来，他便

兴冲冲过去，道："我才知道，原来男的晚婚年龄是二十五岁，还有半年，我就到了。到时候，我们结婚吧。"

苏铁就笑："呸，谁要跟你结婚，黄毛小子，乳臭未干。"

他一扬眼眉："那怎么办呢？谁叫你没人要。我再不行，破锅配烂盖，张哥自有李嫂爱。"

苏铁斜睨他："跟你结婚有什么好处？"

"你要什么？"

"一点零花，两句好话，三餐饭食，四季衣服，五十年不变。"苏铁笑吟吟道。

"咄，你也敢想。每天两顿剩饭剩菜吃着，几件卖破烂人家也不要的衣服穿穿，一天一顿骂，两天一顿打，我看就差不多了。"

两人相对而笑，刹时忘了生死大事。

在死神面前，唯一可以做的事，是不是就是笑呢？

晚上，他帮她洗澡，为她宽衣，为她调好水温，再用清澈温水，缓缓擦洗她已不再青春美丽的身体——随着病情加重，她的皮肤越来越泛着铁锈的暗。

一点点为她净身，如奴如婢，但他是庄重的，做一件盛大的事，侍奉她如同侍奉上帝。

有时，边洗，他会边问："苏铁，你为什么叫这个名字？这是男人名字。"

"哦，大炼钢铁知道不知道。我就是那时候生的，我哥哥叫苏钢，我就叫苏铁。"

可道捏一捏她硬瘦如铁条的手臂，取笑："真是人如其名。"

既可以是百炼钢，也可以是绕指柔。

"咦，你不是一直想知道，我怎么会知道你的名字吗？我告诉你，不然，以后可能没时间说了。"苏铁苍凉地说。

"咣"一声，可道把毛巾摔到水里，疾言厉色："少乱说。以后不许说这种话。什么你怎么会知道我名字，你当然知道我名字了。"

真的是怕，她说尽人生的兰因絮果，就了结了她与这世界未完的牵扯。

她的家常衣物，也无非是灰白黑，天生好像就是些医院颜色。平日倒也罢了，现在看到，十分心疼，问她："你什么时候起，穿得这么素？"

"从决定不再勾引男人开始。"苏铁微笑。

"那你还勾引我。"可道调侃她。

"明明是你在勾引我，没想到却中了我的美人计，还不肯认，赖到我头上来。"苏铁抿嘴笑。

晚上趁她睡了，可道悄悄把她床边的衣服收起，放上新置裙装。

她一贯黎明即醒，他心里有事，也醒得早，却听她窸窸窣窣换衣，只装睡闭眼。等她走过来，唤他："可道，我好不好看？"

一睁眼，只见一个玫瑰灰的女郎，牵着轻罗叠纱的长长裙裾，立着。

那颜色正是玫瑰近凋，有点收敛的娇滴滴，最适合中年女士。但苏铁最近瘦成一把骨，头发也掉得疏疏落落，皮肤都打了褶，灰蒙蒙的，给衣服的艳光衬得越发灰。

可道心一沉，买得不算好。

想苏铁自己也看得出吧。却只管笑咪咪："难得呢，你还会给我买东西。"忽然低下头去，轻轻地说："闺秀也没了，半辈子心血，本来还准备给你的。"

可道只觉难过，要用力捏紧她的手，又怕她痛。轻轻地，拖她的手到自己怀里，偎一下。冷而干的手。

苏铁病得越来越重，经常咳得直不起腰来，吐灰绿色的痰，里面渗满血丝，仿佛是大理石。又时时痛得半伏半跪在床上，满身大汗，以头抵墙磨擦，擦得墙皮纷纷掉，她抓着自己胸口，背瘦伶伶弓着，像只流浪的瘦猫，饿惨了似的。一直哭叫："妈妈妈妈，我疼呀，我疼呀……"

可道飞奔出去找医生，给她注射吗啡。一天比一天剂量大。

注射完吗啡之后，总有短暂的，无痛也不睡，恍惚的宁静时刻。可道俯身吻去她眼角的残泪，苏铁便微笑着，抚他强健的背："可道，你真年轻啊。"脸容像一朵凋萎的百合花。

因为她的病，可道简直觉得自己的健康是有罪的。

在陷入深度昏睡之前，忽然又有片刻清明："可道，以后我不在了，你要照顾好你自己。"——那一刻，可道简直想操刀在手，一刀置她于死地，不忍再见她的熬。

炽天打电话过来："要不要帮忙？我随时都可以。"

"谢谢。到时我会说话。"

譬如朝露，去日无多，就是他和苏铁，他要争取每一分每一秒的相聚。

时常她睡了，可道靠着，也打个盹儿。陡然惊醒，看见床边的盐水瓶，惊觉时光飞驰，她的生命，正像盐水瓶的点滴，一点一滴地消逝，不是她能控制，也不是他能的。

可道痛得半晌无语。

一日，苏铁突然叫他找一个律师和公证人员来，他问："干什么？"

苏铁答："写遗嘱啊。"

可道大叫一声："不。"便扑在她床头，"你不会死，我不要你死。"像一个很小很小的小孩子，还不知道何谓天命，以为最难得到的，便是邻居家哥哥的皮球，其余诸事都唾手可得。

"可道。"苏铁分析给他听，"你跟我五年，你最知道我什么亲人也没有。可是我一死，他们就都会钻出来。我破产归破产，还有一点东西。何苦给他们。"

法制社会，一切都要循法办事。感情的国度里，人才

可以恣意妄为。

从医院出来看见天，只觉得诧异。已经一个多月没有看见过天，原来万里晴空，一幅大圆裙似展开。太阳与云，红红白白的，很是可爱。

太阳下山明天还会爬上来，花儿谢了明年还是一样地开，死人的事是经常发生的，而每一天，都有皮肤如玫瑰花瓣的新生儿呱呱坠地。

可道蓦地站住，读懂了生命与死亡的错身而过。

因之，难以形容那最后的日子，终于明确他们的终将别离，可道的心中竟充满了宁静，仿佛，正应如此。每天，与苏铁轻轻相拥，不说什么，只以最纯粹的情感相牵相连。

十月十八，是苏铁的四十岁生日。

可道问医生，苏铁捱不捱得到那时候。

医生几乎是肯定地答："应该能。"

女人天生是浪漫动物，格外看重各式纪念日：圣诞节、情人节、婚庆日……像四十岁生日这么隆重的日子，她怎么可以容忍自己不在场？

仿佛渐熄渐灭的火焰最后一次摇曳，苏铁突然精神抖擞，在十月十六日。

隐隐听见远处有鞭炮声——肿瘤医院在城郊相交之处，理论上不容许放鞭，实际上不大有人管——她微笑："是有人结婚吧。今天是个结婚的好日子。"

可道真心地说:"是。"

阳光妩媚,空气干爽,福尔马林的味道,习惯了不大觉得,只有微微刺激的清凉。

苏铁说:"好久没出过门,我今天想出去走走。"

可道惊得撑起身子,看她。

是很久不曾见过的一双清澈眼睛,微笑着,在她脸上。她甚至有一点像小女孩:"行不行?"脸色红润美丽。

是否真有奇迹,让她在刹那间恢复健康?可道狂喜,然后又一沉。另一种可能,他连想都不敢想。

人生有极,快乐将尽。

"医生不会同意的。"

"我们偷偷去。"

苏铁穿上那件玫瑰灰长裙,又掩耳盗铃披上可道的大外套。可道带着她,蹑手蹑脚,沿着走廊向前走。经过医生值班室,像间谍电影里一样,伏下身,从窗子底下经过。

出到医院门口,两人对望,苏铁笑得前俯后仰,脸容红扑扑的。

笑定了,他问:"你想去哪里?"

"我们去麒麟店,好吗?我想喝一杯草莓玛格丽特。"苏铁答。

可道一怔,随即笑不可抑。

不知为什么,这段日子,他笑得特别多。仿佛前十年生命的空白,都是积蓄,就是为了这一刻,为了让苏铁独

自拥有他的欢颜。

远远就看见饮马长街烟尘滚滚，像在群楼之前，有一个硕大的足球场，正在赛事激烈，球员脚底下踢起无尽的土。

路面并列三块路牌，"前方修路，车辆不得入内"。

下了的士，便突突突开过来一辆电三轮："到哪里？"

他正寻思三轮太颠簸，怕苏铁撑不住，苏铁已推开塑胶门，抬腿欲进，抬了两次都够不到。他赶紧抱起她——那么轻，几乎像没有一样——把她在座位上安置好。

一半仍是旧路，另一半却已拆了，路面拓了好宽。

正是一片飞沙走石。

挖土机庄严地埋下头去，"啊呜"吃一大口石头泥土，含着，像含一口漱口水，掉头到另一个地方，"啪"一张口，吐个干净。

打桩机，像蜡笔小新，一根有尖头的细长钢棒，两个人扶着它，一路往前，在水泥路面上，踩石若泥，踩出一列圆圆脚印来。

苏铁实在是在医院闷得太久，看得津津有味，不时叫三轮车司机："师傅，开慢一点。"

可道看见左边的建筑全已拆迁，记起麒麟店在右侧，便松口气。

不料到了中间，忽地三轮车一折便转到了街的对面。前方，拓宽的是右侧。拆迁已毕，一无所有。

可道很希望会有奇迹，麒麟店像一个孤岛似蠹立在瓦砾堆里。然而一眼扫过去，饮马长街像脱光牙齿后，一排光秃秃的牙床。甚至无法判断某一颗牙齿曾经成长的地方。

原来姹紫嫣红开遍，似这般都付与断井颓垣。

司机大着嗓门说："你们很久没过来了吧？八一开始修的，明年五一就竣工了。这里要修成我们省最宽、最舒服的一条公路呢。"

前面已经看见碑刻，孤独地立在街的中央。司机嘎地一停："要不要停下来，照个相？过两天就搬到博物馆去了。这几天，不知多少人到这里来照相。"

可道不由看一眼苏铁，她正莞尔。

都是在这里爱怨纠结过的红男绿女吧？他还曾以为饮马长街是永恒的。

苏铁有点累了，站着，抓紧可道的手，立足不稳。可道顺势拥她入怀。她病得憔悴，显得老了十岁都不止，更拉远与可道的年纪差。

有侧目的眼光。

可道坦然地，把她拥紧些。

附近即有饮马公园，可道说："我们去划船好吧。"

碧绿湖面上漂满浮萍，已微微泛红，聚来散去。可道缓缓地划着船。风微凉，水草柔软，近岸边，落着手掌般大小的金色梧桐叶。

水声潺潺，自他桨边掠过。波纹柔柔散开。

啾啾啾，啾啾啾，苏铁转过头，惊呼："看，鸟，白鸟，白色的水鸟，白色的水鸟真可爱。"

头，便怎么也不肯转过来。

"苏铁。"可道在船那头唤。

她声音里有浓浓鼻音："活着多么好。明年秋天我已经看不到了。"

"不会的，现在科学技术这么发达。也许明天就发明特效药……"可道自己也觉得说辞的软弱无力。

突然间，响起一阵低沉凄厉的呜呜声，在蓝天下回荡。

"什么？"苏铁紧张地问。

"没事，他们在演习空袭警报。"这一招，可道上大学的时候就遇到过。

警报响了很长时间。停了之后，公园里一片死寂，仿佛鸟不叫，叶亦不落，战争的幻影在空气中游荡。他们俩，便像在乱世里，犹自笙歌生平。

可道开玩笑："最好现在天上有飞机，丢一串串炸弹下来，打在湖里。然后兵荒马乱，我们俩各自西东，从此乱世情鸳。然后二十年后再遇到，那时都老了，纵使相逢应不识，彼此擦肩而过——苏铁，你觉得像不像一个电影剧本？也许我应该去拍电影。"

苏铁转过脸来："好，我答应你，二十年后，再相逢。"

可道怔住，一时收言不及，只觉是一语成谶。半天，搁了桨，坐到苏铁身边去。

良久，两人都无语。

苏铁突然问："可道，你这一生最爱的人是谁？"

可道答："我父亲，你。"想一想，"我自己。"

已经失去一个，很快又要失去另一个。可道扪着自己，为了他们也要好好活下去。

"我父亲的骨灰，一直在我家乡，我想把他带出来，放在身边。苏铁，你将来……也愿意在我身边吗？"

"算了，又没结过婚。以后你太太要吃醋的。洒在大海里算了。"

"谁说的，我们早就结婚了。"可道一屈指，露出左手无名指上："相爱永远。"黄金白金的绞结，像他们，"你是常门苏氏。"

苏铁笑道："常苏铁，真难听。"

可道只微笑："我没姓桃，让你叫桃苏（酥）铁，已经算够好了。"

正语笑间，苏铁忽然低头不语。可道伸手轻轻扳过她的脸，原来她落了一脸的泪，微微扬动，像风里的爬山虎蔓叶。

苏铁说："可道，我的时间快到了。"

可道心如刀绞："不会的。"

——女曰鸡鸣，士曰昧旦。

接下来，便是看她一分分心力交瘁，一寸寸弱小后退。

生日那一天，可道在蛋糕上插满九十九支玫瑰蜡烛，笑道："我只记得女人的生日，从不记得她们的年龄。"

"我现在可以告诉你，我是怎么知道你名字的吧？"苏铁问。

可道说："你说。"

"可能你已经不记得了。就是我在麒麟店里遇见你的前一年的夏天，在路上，你被一个男孩子打了一顿，还抢了你的钱，我过去给了你一百块钱。"

可道心神俱惊："是你！"

"那天你走得太急，我只来得及问个名字。后来又天天到那条路上找你，因为当时看你拿个酱油瓶子，一定住在附近，结果一直没看到你……后来，便在麒麟店了。"

可道伏在苏铁床前，说不出话。

"那时觉得你好小，好可怜，后来……"

原来是她！她是他流离生涯的起点，又注定地，是他的终点。漫漫人生路，他兜了一个大圈，又回到原处。

但已经像螺旋式楼梯，升了一层楼，而她，便是他脚下的梯板。

他只说："谢谢。"

一根一根点燃蜡烛，是一个火与花的小花园。苏铁微笑着许下愿望："可道，我希望你幸福。"然后说，"我累了。"

"苏铁，苏铁，"可道在她耳边轻声唤，"我小名叫小可，小可小可你听见了吗？你以后叫我小可好吗?"

好不好？好不好？

苏铁深深吸进一口气，仿佛是大海深处的一声叹息，海面上远远滚来白色波浪；过了很久，又长长地出一口气，像海的退潮，退到很远很远，再也无法看见、无法到达、那蔚蓝色的无人之境。

她安静地闭上眼睛。

可道紧紧抱着苏铁，直到她的身体渐渐冰凉，好像所有的温度都给了他。是最后的寂静，天地都睡了，而空气中回荡着的，是可道从未说出口的话：

今生所有的错乱与凄凉，都不是我们的错。但若有来生，请让我们在正确的时间，正确的地点，以正确的方式相遇，开展一段无暇的恋情。而苏铁，我必爱你，娶你为妻，并且温柔相待。

五、却原来白茫茫一片大地真干净

而今只剩下这张床。

他与苏铁睡过的，他与其他人睡过的，现在是他一个人睡着的，床。

被仍鸳鸯，枕犹并排，他依旧躺在床的外缘，背对半床的空荡。偶尔翻过一个身，伸手触到夜色，可道会在昨

与今、今与明交接的子夜时分，朦胧喊出：苏铁。

如果床有记忆，是否会记得苏铁的重量与温度？

卖房子那天，是个阴雨天气。秋雨霏霏，细密洒着，在屋子里，也觉得是在千丝万线里面。

下家是对新婚夫妻，颇喜欢这套房子，却又下不了决心，来看过五次，其中有两次还是和双方父母一起来的。

他们的钱是全家人你挑水来我浇园地巴巴赚来的吧，勒紧裤腰带攒的吧？可道感动于他们对新生活的诚意，特地让了一万块钱。

今次他们就是带钱来的。一大家子人保驾护航，看那小黄花般娇怯的小妻子把钱一叠叠拿出来：一、二、三……二十四，新的，旧的，齐齐整整的，二十四捆百元大钞。

小妻子催可道："点一下。"全家人的脸都燃着喜悦。

新币上的银行封条还没有打开。可道说："不用了。"——不如到银行里交款还简便些。

依据协议，所有家具电器都留给他们，可道只带走了这张床。走的时候，他很真心地跟他们握手，"祝你们幸福。"

对于他卖房子这件事，炽天的反应是四个字："愚不可及。"

"现在房价跌到谷底，人人都在置产，你却在卖房子。"

周围人声细细，音乐柔和，炽天坐在一个大酒桶上跟他说话。整个装修是酿酒作坊似格局，到处酒桶，酒筛，漏斗……炽天扭开龙头，给他接了一大杯生啤。

这是可道第一次到炽天的音乐酒吧——"炽天使酒吧"来。炽天说：还是喜欢酒吧。

因为它自由。老板可以卖酒，也可以卖茶，甚至有些还带卖餐，来的人，可以喝酒，也可以喝茶，可以看书，也可以听音乐。

它是欲望之地，是人与人遇合的发生。

现在炽天开朗爽快，又是当年的他了："早知道你还不如卖给我，我还留着升值呢。可惜我的钱都投在酒吧里了。你还是要去买'闺秀'？"

下个月工商局拍卖一批破产企业。"闺秀"也在其中。

"假如你卖了房子，又没有拍到，怎么办？不是两头不挨。"

可道摇头："不会的。'闺秀'的估价为三十二万，正常情况下怎么也不会高出五十万。我志在必得。"

炽天哼一声看他："你懂衣服吗？"

"不懂，但我懂女人。"可道坦白答。

炽天又问："第一次操办后事，干嘛不找我帮忙？"

可道沉默了一会儿才说："我不是第一次操办后事了。你呢？你最近写什么新歌了？"

炽天从桶上跳下来："想不想听？"

坐在舞台上的另一个大酒桶上，炽天铮铮弹起吉它：

"道，可道，非常道，什么是道，谁人知道；道，可道，非常道，怎样得道，你可知道；曾经我呀，只想做鸡犬，"停下来，鸡鸣狗吠各一声，学得神似，激起一片掌声笑声，"人家上天，把我带上去。结果人家上了天，把我甩下来。唉呀唉呀，我的屁股好疼呀。"

下面又是一片的笑与掌声。

重复前面两段，唱着："现在我呀，要做大英雄，"又模仿冲锋号及重机枪各一次，"勇敢攀登，到达最高峰。后来终于爬上去，四处看一看。喔哟喔哟，那儿景色真美呀。"

活泼随意的口语歌，很有点摇滚味道，他自如摇摆着，像一条会正立的鱼。

下了台，可道打他一下，"你拿我开玩笑。"

"什么开玩笑，敬礼之作。"炽天叫，"真是狗咬吕洞宾，吃屎的材料。哎，可道，我现在想通了。"

"怎么？"

"我也不怪李加。如果我没红，是因为我唱得不够好，如果我唱得够好，我一定会红。我现在要做的事，应该是——唱歌。"

有人过来拍拍他肩，跟他说些什么，炽天跳起："上次我跟你说过的，那个杂志社的记者，拿稿子来给我看。"

他喜孜孜过去迎她，可道仍坐着，听见炽天一路跟女子说着话，在嚣嚣音乐里，女子的声音圣诞铃铛一般清脆。

可道抬头望了一眼，不由站起来："小麦——"

"常可道。"小麦也看到了他，眼睛笑得弯弯的。

她连发型都没有变，仍是花苞般拢在耳际，纯稚可爱。厚灯芯绒绿外套，深绿卡其布牛仔裤，永远的大学二年级女生。

看着她，真正让人觉得现世无忧。

可道感慨万千，良久道："你越变越漂亮了。"很衷心。

"你又何尝不是？"小麦笑吟吟，仔细端详他一会，"不像以前那么野性十足的。"

可道吃了一惊："我野性十足？"

"是啊，你不知道吗？"

那时，他心头有兽，时时徘徊咆哮。

炽天惊讶地问："你们怎么会认识？"

小麦答："我们是大学同学。"转身问可道，"你结婚了吗？"

"还没有。"

"你……女朋友现在好吗？"小麦问。

"哪一个？"可道问，不大在意。

"就是那一个，你带我去她店里买过衣服的。她真的是一个很聪明很厚道的女人，我很喜欢她的。"

可道不觉动容："谢谢。"又有点讪讪，"你怎么知道？那个时候就看得出来，难怪可以当记者。"

"是别人告诉我的。我开始喜欢上你的时候，整栋寝室

楼的女生都跑来，把你所有的事情讲了一遍。他们都说你是被……"小麦有点难以启齿，嘿然一笑。

可道也笑：自然，群众的眼睛是雪亮的。

"他们说，你就信了？"

小麦说得平静："开始……我不相信。"

是后来吧。有了生活阅历，慢慢见多识广，却还总心存侥幸。必得一个瞬间，雷霆之夜，蓦然惊醒，像大雨地里的姬百合，已痛楚地承满了泪。终究承认了，的确，就是他们说的那样。

可道心中溢满疼惜，小麦的成长日子该是十分平静顺畅，他便是她最大的打击吧。多么痛，眼泪却无由落在人前，忍耐太久之后，即使独处的时候也流不出眼泪。

而那样的疼痛，变成生命中的习惯。

他轻轻揉一下小麦的头发。那是清洁干爽的，带着风的颜色。

他唤："小麦。"

小麦是多么聪明的女孩，立刻懂了："常可道，我从来没有怪过你。我甚至很感激你，我当时是一只小鸭子，笨头笨脑，如果你要害我，易如反掌，但是，你没有。我知道，你为了不伤害我，尽了最大的努力。"

如新麦酒健康醇美的，她的笑。小麦年轻的伤势已然痊愈。

见到小麦，便解了可道一生的心结。

他起身："你们聊，我先告辞。"

小麦亦站起："替我向她问好。"

"她上个月，已经去世了。"可道静静说。

小麦啊了一声："多不幸。那你现在怎么样？"

可道率直道："活下去。"

苏铁仿佛是携带着使命而来，命定地，要遇到可道，教会可道关于爱的功课。他们不及回忆前生种种，也无力勾画来世蓝图，乍然相逢，唯有泪千行。从相遇之初，便已注定了永诀。

把一生都放置在可道掌心，苏铁便义无反顾地凄美死去。而可道终得苍凉孤绝地活下去，并且，终生怀抱对她的爱。

爱那么少，爱那么好，爱是千年一开的花——如铁树。

铁树，又名苏铁。

图书在版编目(CIP)数据

麒麟夜/叶倾城著. —北京:新世界出版社,2010.2
(倾城之恋系列)

ISBN 978 - 7 - 5104 - 0742 - 0

I.①麒…　Ⅱ.①叶…　Ⅲ.①中篇小说 - 中国 - 当代　Ⅳ.①I247.5

中国版本图书馆 CIP 数据核字(2009)第 241380 号

麒 麟 夜

作　　　　者	叶倾城	
责 任 编 辑	刘丽刚	
封 面 设 计	贺玉婷	
责 任 印 制	李一鸣　黄厚清	
出 版 发 行	新世界出版社	
社　　　　址	北京市西城区百万庄大街24号(100037)	
发 　行 　部	(010) 6899 5968	(010) 6899 8733 (传真)
总 　编 　室	(010) 6899 5424	(010) 6832 6679 (传真)
本 社 中 文 网 址	hhttp://www.nwp.cn	
本 社 英 文 网 址	hhttp://www.newworld-press.com	
版 　权 　部	+8610 6899 6306	
版权部电子信箱	frank@nwp.com.cn	
印　　　　刷	三河市杨庄长鸣印装厂	
经　　　　销	新华书店	
开　　　　本	880×1230　　1/32	
字　　　　数	110 千字　　印张:6.5	
版　　　　次	2010 年 2 月第 1 版　2010 年 2 月北京第 1 次印刷	
书　　　　号	ISBN 978 - 7 - 5104 - 0742 - 0	
定　　　　价	22.00 元	